斜線堂有紀

ミステリ・トランスミッター

謎解きはメッセージの中に

双葉社

目次

ミステリ・トランスミッター

謎解きはメッセージの中に

装丁　bookwall
装画　まるみち

ある女王の死

榛遵葉《はしばみじゆんよう》は真横に腹を裂かれ床に倒れながらも気品を失わず、至極堂々としたまま死んでいた。話に聞いていた遵葉は守銭奴《しゆせんど》の冷血漢《れいけつかん》、今の時代にそぐわぬ金貸しとの話だったが、決してそうは見えない。高く結い上げられた髪は死してなお乱れなく、身に纏《まと》っている喪服のようなワンピースがよく似合っている。齢《よわい》七十三には見えぬほど若々しく、触れれば指先が切れてしまいそうな鋭さがあった。

特に彼女を強く印象づけるのは、口の端から頬にかけて刻まれた大きな傷だ。事故で付いたにしては場所が不自然なので、きっと誰かに付けられたものだろう。

彼女がどんな人生を送ってきたのか、三河《みかわ》は改めて興味深く思った。

『被害者は、長くヤミ金業界の女王として悪辣《あくらつ》な商売をしてきた高齢の女である』と聞いた時は、もっと厭味《いやみ》で品の無い女を想像していたものだが——刑事となって二十年余りになるが、このような相手を見るのは初めてである。

事件があったのは、金貸し業務をしていた遵葉の事務所である。広い応接間があり、隅に遵葉が使っていたと思しきデスクが置かれている。

応接間のテーブルには、血塗《ちまみ》れのチェス盤が載っていた。

「鑑識によると、この血は榛遵葉のもので間違いがないようです。血がかかりはしましたが、駒は大きく動かなかった様子で」

部下の報告を受け、三河は赤黒く染まった市松模様のチェス盤を見る。三河はチェスの心得が無く、この駒の配置が何を意味するのかは分からない。だが、ある程度対局の進んだ状態であることは理解出来た。

「ここで戦ってた相手が犯人だってことなのか？」

「その可能性は高いと思います。相手は債務者かもしれませんし」

「ああ、このばあさんはそういう趣味だったな」

聞けば、榛遵葉は大のチェスマニアであり、債務者に勝負を挑んでは、指し筋の良い相手に支払いの猶予を自《みずか》ら申し出ていたという。戯《たわむ》れに思えるが、金を借りた相手からしたら、ただの遊びじゃない。悪趣味だ。自分の命運が、相手の戯れで左右されてしまうのだから。

「対局中だったからって債務者とも限らんだろ。他に恨みを買っている人間はいないのか？」

「恨みを辿《たど》ると絞りきれないくらいですよ。同業者からは、腫《は》れ物《もの》扱いだったらしい」

それなら、そちらから追うのは無理か――と、三河は歯噛みした時「もしかしたらこのチェス盤、もっと愉快な代物かもしれないですよ」と部下が言った。

「愉快？」

「これが榛遵葉の残したダイイングメッセージかもしれない、という可能性です。遵葉は刺さったナイフを抜いて死んでいます。つまり、抜くまでは生きていたんだ」

「遵葉はダイイングメッセージを残した後に、自ら死を選んだってことなのか？　考えすぎだ」

死体の状況から、遵葉は何者かに腹を刺されたあとに自分で抜こうとして、ついナイフを横に滑らせてしまった――というのが、今のところ鑑識官の見解である。遵葉は手が滑らないようにするためか、服の袖をナイフの柄《え》に巻き付けて抜いていた。そのせいで、柄に付着していたはずの指紋が使い物にならなくなってしまっていた。

「そう難しく考えるほどの事件じゃないだろう。遵葉と対局していた相手が、口論でもして彼女を刺してしまう。で、彼女はナイフを抜き失血死した。それだけだ」

「そうなんでしょうかね……」

その時、事務所に置かれた金庫を開けようとしていた刑事たちから、小さな歓声が上がった。どうやら解錠に成功したようだ。

三河は金庫の前に歩み出て、開かれた扉の中にあるものを――見た。

＊

榛遵葉が初めてまともに見た盤面は、白と黒と赤で構成されていた。冷たい刃を滑らせた頬は燃えるように熱く、その熱さが、極限状態にある彼女を冷静にさせた。歩兵《ポーン》に伸ばした遵葉の手は、少しも震えていない。

これは、遵葉の人生が懸かった最初の賭《か》けだ。負ければ、十五年しか生きていない人生が終わる。

「私と対局しろ。負けたらここで死んでやる」

真壁《まかべ》は溜息を吐《つ》き、遵葉の血塗れの顔とチェス盤を交互に見た。

「いきなり自分の顔を切ったと思ったら、次はゲームで遊んでときたか。まさか十五の女がここまでガキ臭いことをするとは思わなかったな。ガキを産める歳だろ」

ガキ臭い、と真壁は言ったが、遵葉にとってはこれが一番の生存戦略だった。遵葉はまだ十五歳であるが、真壁のようなヤミ金業者からすれば、もう既に立派な『商品』である。何しろ、両親が経営していた工場の借金は一千万。高額である。

遵葉一人を売り飛ばしたところでたかが知れているような金額だが、だからといって、売り飛ばさない選択肢は無い。

遵葉は身体の発育が良く、歳の割に大人びた顔立ちをしていた。また、そのことに自覚的でもあった。自分がどのような場所に売り飛ばされるかも承知の上だ。だからこそ、遵葉は手近にあったナイフで自らの右頬を切ったのである。

「言っておくけどな。顔に傷があろうが、売り飛ばすことは出来るぞ。むしろ、年若い疵《きず》モノが好みの男もいるんだ」

「だが、そういう男はそう多くないはずだ。好き者を探すのは手間だろう。多くはこの傷跡を見て眉を顰《ひそ》めるぞ。お前が思っているほどの値はつかない」

鎖骨まで血で濡らしながら、遵葉は笑ってみせた。こうしてみると、遵葉の傷は笑顔の延長線上にあるようにも見える。この状況下にあって、それでもまだ笑う為の術《すべ》だ。

「それより、早く相手してくれないか。こうしている内にも、私は次の一手を考えている。お前の手を予測して、どんどん優位に立つ」

「何の真似だ」

「そっちこそ。チェスが好きなんだろう？　私の父親もよく言っていた。『真壁さんはこれにご執心で、勝つと支払いを待ってくれるんだ』と」

それが、『榛旋盤工場』の片隅にチェス盤が置かれている理由でもあった。遵葉の父親は、暇さえあればその盤の前に座り、詰みの手を解いていた。幼い頃の遵葉は、父がよっぽどのチェス好きなんだろうと思っていたが、本当の理由はそうではなかった。

「この工場に融資をしてくれている人がね、大のチェス好きなんだ。俺がチェスに勝つ度に、融資の返済を待ってくれるんだよ」

父親がそう言うのを聞いた時、小学生の遵葉はまるで小説に出てくる悪魔を思い出した。丁度、遵葉が読んでいた外国の小説に、チェスに勝つと寿命を延ばしてくれる悪魔が出てきたからである。

工場に現れる時の真壁は、近所では見ないような上等な茶色いスーツを着ていて、髭《ひげ》を綺麗に剃《そ》り、髪をオールバックに撫《な》でつけていた。背が高く、立ち振る舞いがまるで外国人のようだった。

父親にとって真壁は、茶目っ気と人間味を兼ね備えたビジネスパートナーのように見えていたらしいが、実際はビジネスパートナーなどではなく、もっと言うなら彼が行っているのは『融資』ですらなかった。

戦後間もなく、榛旋盤工場はピンやシャフトなどの、所謂《いわゆる》丸モノを作って成り上がった。銀行からの融資を受けられるだけ受け、優れた加工技術があるわけでもないのに勢いのままに規模を拡大し、その重みでゆっくりと沈んでいった。どちらかといえば臆病な性質《たち》の父親が、あそこまで無茶な経営を続けていたのは、それを煽《あお》る人間が——彼のことを肯定し、銀行以上の融資を続ける人間がいたからである。

世の中が好景気に沸き、競合工場が乱立するようになると、いたずらに規模だけを大きくした榛旋盤工場は、その大きな身体を削り取られるようにシェアを奪われていった。しかし遵葉の父親は、社員を解雇して工場を縮小しようとはしなかった。

経営がどんどん傾いていっても工場を畳まなかったのは、ある意味で真壁とチェスの所為《せい》であった。父親は月に一度行われる真壁との勝負に勝ち続け、返済を待ってもらった上で新たな借り入れをした。

——もうすぐ東京オリンピックが開かれる。そうなれば、全てが好転して必ずや赤字を解消できるのだ。

俗に言うオリンピック信仰だった。その時代には珍しくもなかった妄信だ。

真壁は自らの言葉に矜持《きょうじ》を持っているらしく、父親が勝てば返済を強いることは絶対になかった。

そうして工場にとって最も借金の膨らんだ、最も致命的なタイミングで、真壁は勝った。ひと月前のことである。

「俺は常にこの勝負を貴《とうと》んできた。あんたが勝ち続けてきたから、こっちも金を返せとは言わなかったんだ。今度はあんたが、この勝負に価値を与える番だ」

遵葉は真壁と父親の会話を物陰から聞き、確信した。

父親は勝っていたのではない。勝たされていたのだ、と。

金を貸せるだけ貸し付け、到底返せなくなるところまで追い込んでから全てを奪う。数年に渡るお膳立てによって、真壁は他人の人生を丸ごと壊してみせた。

遵葉がまず覚えたのは、絶望よりも恥辱だった。泣きそうになるほど顔が熱い。忙しい仕事の合間を縫い、父親はずっとチェスの勉強をしていた。苦しい中にあっても、真壁との勝負に勝った父親は嬉しそうで誇らしげだった。

初めから、真壁に勝つほどの実力など無かったというのに。

結果、父親は母親を道連れにして首を吊《つ》った。遵葉を置き去りにし、人生を降りたのだ。

「お前がくだらない遊びで人を弄《もてあそ》んだ所為で、私も小さい頃からチェスをやらされてきた。腕の立つ相手が欲しかったんだろう。私と勝負してみろ」

遵葉は父の姿を思い浮かべながら言った。

「受けて何になる。お前が死んだところで、俺が得るものは何も無い」

「身体をバラして売ればいい。そういうやり方も、お前には出来るだろう」

「お前が勝ったらどうしてほしい？」

「私を生かしてほしい」

正直なところ、それだけが遵葉の望みだった。

首を吊った両親を見た時、遵葉は彼らが何故《なぜ》自分も一緒に連れていってくれなかったのかと悲しく思った。自分だけを苦境に追い込んで、早々に逃げおおせたことへの憎しみも覚えた。

だが、それにもまして、生きたいと思った。

戦争が終わって少しして生まれたのが遵葉である。自分の足で立てるようになる頃には、この国の噎《む》せ返るような生への渇望を浴びていた。死にたくない。ここで終わってなるものか。

血の付いたポーンを見下ろしながら、遵葉は思う。自分はここで使い捨てられる駒ではない。自分は——それらを踏み越えて勝つ人間だ。

「——いや、やめておこう」

真壁はゆっくりと首を振った。

「血で汚れた盤なんか縁起が悪い。せっかくついたツキが落ちちまう」

「じゃあ、疵モノが好き者に売るのかい」

「このまま売りとばしゃ、床《とこ》で相手の鼻を食い千切るようなタマだろう。オリンピックだなんだで、人売りはどんどん厳しくなってるっつうのによ」

勿体《もったい》ぶりながら真壁が言う。遵葉は既に、彼の出した結論を察していた。この男は狡猾《こうかつ》で計算高く、合理的な人間である。だから、自分を悪いようにはしないだろう。

「お前、俺のところで働け。死ぬよかいいだろう。代わりに、どんなことでもしろ。いいな」

真壁は遵葉の父親を長らくその手中に収め、弄んできた人間だ。彼が最も重要視するのは、執拗《しつよう》なまでの下準備である。すぐに遵葉が折れるのではつまらない。長く楽しませてくれるのを期待している。——それ故《ゆえ》に、遵葉を手元に置く。

遵葉は生きる為に真壁の提案に乗った。興奮によって遠ざかっていた頬の痛みが戻ってくる中で、彼女は動かしたポーンを元の位置に戻す。対局が終わったら駒を必ず元の位置に戻す。それが、榛遵葉の決めたルールだった。

ともあれ、遵葉は賭けに勝ったのだった。彼女がチェスを一度もしたことがなく、そのルールどころか駒の種類すらまともに知らないことを悟られず、その命を繋《つな》いだのだから。

遵葉は父親がのめり込み、縋《すが》っているチェスというものを嫌悪していた。その時から、勝負に勝ったら返済を待つという真壁の言葉を薄ら寒く感じていたのかもしれない。父親に何度か誘われたこともあったが、遵葉は頑《かたく》なにそれを断った。自分だけはあの盤上に呑み込まれまいと、距離を取っていたのである。当然、チェスをやらされてきたというのはハッタリだ。

もし真壁が遵葉の提案を受けて、勝負によって今後の行方を占おうとしていたのであれば——遵葉の運命は終わっていたのかもしれない。それを含めての賭けだった。彼女は殆ど負けていたようなものだ。

真壁の下で働くようになり、遵葉のハッタリは早々に明らかになることになった。だが追い出されたり、売られたりすることにはならなかった。むしろ真壁は感心した顔をして「大したタマだな」と言っただけだった。

真壁との仕事は、決して楽なものではなかった。

東京オリンピックは未曾有《みぞう》の好景気をもたらしたが、それが終わると全てをひっくり返すような不景気がやって来た。昭和四〇年不況である。それまでの浮かれた空気はどこへやら、大きな企業が次々に倒産していった。榛旋盤工場のような状況はどこにでもあり、夢の終わりと共にその実態がふわりと立ち現れてきたのだった。

世が不況に喘《あえ》ぐのに反比例して、ヤミ金業界は活況だった。真壁のもとには、資金繰りの悪化した企業の社長や役員らが、毎日のように訪れては金を借りていくようになった。

金を貸すときの真壁は、貧しい者に寄り添う聖人のような顔をしていた。辺りを見回してみれば、この業界はそういう人間ばかりである。見るからにガラの悪そうな格好をしているのは金を取り立てに行く下っ端ばかりで、金貸しの元締めは、大体が真壁のような男であった。真っ当でないところから金を借りるのが恥ずかしい、と思うような人々に正規の『融資』だと信じ込ませるような男だ。

年若い遵葉の役目は多岐にわたった。そういった『商談』の際に茶と菓子を出すことから、顧客名簿の管理、取り立てを担当する人間のスケジュールを取り纏めることや、事務所内の現金を指定の場所に運ぶことまで――ありとあらゆることをやった。

働くことになった経緯に拘《かかわ》らず、真壁は意外なほど遵葉に色々なことを任せた。真壁は遵葉を好きなように弄んだが、身体を重ねたくらいで真壁という男が情をかけてくるとは思えなかった。だから、この重用の裏には、信頼ではない何か別のものが作用しているように思えた。

ともあれその結果、遵葉は、金貸しの仕事というものを間近で学んでいくこととなった。人に金を貸す時に何が重要か、その人間から利子として引っ張れる額の見極め方、他から目を付けられない為の引き際、そしてそれとは反対の追い込み方。全てが遵葉の学びとなった。

真壁は度々《たびたび》、債務者にチェスをやらせた。遵葉の父親と同じように、債務者は彼に勝とうと研《けん》鑽《さん》を積んだ。そうしてチェスに必死になっている内に、債務者はずるずると借金を重ねていく。死という選択肢を忘れて――。

それを横目に見ながら、遵葉はようやく本当にチェスを学ぶようになった。債務者達がどれほどのレベルなのかを見極めたい、というのがきっかけではあった。

そうして学べば学ぶほど、真壁がチェスを好んでいる理由が分かるようだった。

ちゃんと学ぶまで、遵葉はこれをどのように攻めるかの遊びだと思っていた。だが、チェスの本質は攻めることではなく守ることにあり、何を犠牲にして何を守るかを選ぶことが肝要なゲームだと理解した。

チェスのオープニング戦術の一つに、クイーンズ・ギャンビットというものがある。歩兵のポーンをわざと女王《クイーン》の前に進め、敢えてポーンを取らせることによって盤上の優位を取る指し方のことである。みすみす駒を取らせるやり方は、一見理に適《かな》っていないように見えるがそうではない。ポーンはポーンだ。取られても支障はない。

王《キング》さえ取られなければ勝つ。チェスはそういうゲームだ。

チェスの上達に役立つのは、何よりもまず自分のお気に入りの勝負手を見つけることである。まず遵葉は、クイーンズ・ギャンビットを足がかりにチェスへの理解を深めた。

遵葉がチェスを学ぶことを、真壁は意外にも嬉しそうに受け容れた。遵葉がその裏で何を考えているかを感じていなかったわけではないだろうが、それでも彼女がチェスの相手になる、という事実を喜んでいるようだった。

真壁はしばしば遵葉に対局を求めた。債務者や遵葉の父にやっていたのとは違い、真壁の攻めは容赦が無かった。力の差が開きすぎていたからだろう。遵葉は真壁が何を仕掛けてきたのかすら分からないまま、敗北を喫した。

「お前は理性的に振る舞おうとし過ぎて、臆病風に負けるんだ。それはお前が女だからだろう。

女じゃチェスは勝てない。女は頭が悪く、感情的になるからだ。チェスをやる時は女を捨てろ。男のように、未来を見るんだ」

そう言いながら、真壁は遵葉の手を一つ一つ検分した。遵葉は自分が何故負けたのか——この男に比べて一体何が劣っているのかを、冷静に学び取っていった。真壁はいけ好かない人間だったが、チェスの教えを受けるのにこれほど適した男もなかった。

夜になると遵葉は、昼の対局を帳面に纏めるようになった。その様はまるで、チェスを研究する父親のようだったが、重なり合う父親の像を遵葉は努めて振り払った。

——自分は勝負に勝って生き永らえる為に強くなるのではなく、殺す為に強くなるのだ。

遵葉はその意思でポーンの動かし方を、そしてキングの殺し方を学んだ。

時が移り変わると、真壁の事務所の佇《たたず》まいも変わった。

真壁の事務所には、当時はまだ珍しかったセパレート型の音響ステレオが置かれ、金を借りに来た人間は、流れている趣味の良いジャズを聴いて安心するのだった。

そして、特筆すべきは隅に置かれたチェス盤と駒である。

黒と白に塗り分けられたチェス盤は、碁盤や将棋盤でも使われる榧《かや》の無垢材で、駒はといえば白は柘植《つげ》、黒は黒檀《こくたん》で作られたとても高価なものだった。

「いいだろう。歳月を重ねれば重ねただけ味の出る盤と駒だ」

遵葉はチェス盤などどれも同じだと思っていたが、実際に目にすると風格というものがまず違った。かつて遵葉は先祖の墓参りに、とある寺を訪れたことがあるのだが——そこで嗅《か》いだ空気と同じものを、盤から感じた。この盤が、数多の屍の頽《くずお》れた戦いの場であると、遵葉にはまざまざと感じられたものだった。

遵葉はすぐにその盤と駒を気に入った。艶《つや》めく木々——特に黒檀は指紋が目立つので、対局の度に綺麗に磨かなければならないのが面倒ではあったが、それを補ってあまりあるほど盤と駒は素晴らしかった。

高級な盤は芸術品のような効果を生み出した。これだけ風格あるものを持っているのだから下品な取り立ては行わないだろう、きっと人情味ある便宜を図ってくれるだろうと金を借りた人々に思わせることができた。人は余裕あるものを見ると、特に安心するのだ。

真壁は彼らの期待を受け、彼らに仮初《かりそ》めの安心を与え、最後にはそれを取り立てた。遵葉には信じられぬことだったが、債務者達が盤から死の匂いを嗅ぎ取るのは、彼ら自身が死の淵に立ってからなのだった。

真壁の取り立ては執拗だった。追い込みを掛けてから、一週間も経たずに債務者は死んでいった。

遵葉が二十代も半ばを迎えると、ようやくチェスの腕が真壁に追いついてきた。最初の頃はまるで歯が立たず、対局の時間もごく短いものだったが、この頃になると二人の対局は相応の長さになっていた。

「お前、なかなか強くなったな」

「鍛えて頂いておりますので」

「俺と寝る時はすぐへばるくせに、こっちでは頑張るもんだな」

真壁の下卑《げび》た冗談を躱《かわ》しながら、遵葉は駒を進める。

対局が長引くと、途中で中断せざるを得ない状況にもなる。その為、遵葉と真壁の対局には
Sealed Move――『封じ手』が現れるようになった。

封じ手とは、対局を中断する際に、予《あらかじ》め次の指し手を紙に書き、封筒に入れておく習わしのことである。封筒は蠟《ろう》で厳重に封がされ、互いに一人では開けられないようにする。こうすることで、公平に中断出来るようになるのだ。

「まさかお前との対局がこれほど長引くようになるとは思っていなかった。もう約束の時間だ」

封じ手を書きながら、真壁が言う。彼はフェアであることを見せつけるかのように、隅に署名までしてみせた。

「お前は筋が良い。他の奴らにも仕込みはしたが、ここまで上達したのはお前くらいだ」

「ありがたいお言葉です」

「お前の親父も筋が良かった」

その言葉に、遵葉の心が一瞬ざわめく。だが、彼女は動揺を悟られないよう、軽く会釈をするだけに留めた。

真壁が封じ手を書いた紙を畳み、封筒に入れて蠟で閉じる。そして、いかにも大切なものであると言いたげな手つきで抽斗《ひきだし》に仕舞った。チェス盤を片付けなくてもいいというのが、遵葉には新鮮に感じられた。

少しすると、人の好さそうな男が事務所を訪れた。名前は岸部《きしべ》といい、彼もまた金貸しを生業にしているのだと教えられた。

「そちらの女の子は？」

岸部はハンカチで汗を拭《ふ》きながら尋ねてきた。

「榛遵葉と申します。真壁の補佐をさせて頂いています」

遵葉が挨拶をすると、岸部は嬉しそうに笑った。

「なンだあ。そういうことかい。道理で真壁も丸くなったと思ってたよ」

「馬鹿言え。むしろこいつの所為で俺はおちおちしてらんねえんだよ。いつ寝首掻かれるか知れねえからな」

真壁も笑いながら言った。

「守るべきもんがあるといいもんだよ。俺んとこも息子が産まれてなあ」

そこから金貸し二人の和《なご》やかな、されど腹を探り合うようなやり取りが続いた。遵葉には真壁が上機嫌であることが察せられた。

岸部が帰ると、真壁はその上機嫌を保ったまま遵葉に言った。

「飯でも行くか」

「来客が帰ったのに？」

遵葉からすれば、すぐにでも対局を再開したいところだった。しかし、真壁は呆れたように笑う。

「馬鹿。何の為の封じ手だと思ってんだ」

言いながらも、真壁は封じ手を開いて遵葉に見せた。ＲＣ７だ。戦車、将棋では飛車に当たるルークを盤のＣ７へ。

「今誰と戦ってるかを忘れる人間は、必ず足を掬《すく》われるもんだ。俺はお前との対局を中断すべきじゃない」

遵葉は盤越しに真壁と向き合う。封じ手の価値を、遵葉は今更ながら意識させられた。この差し手を知っていたら、遵葉はどれだけ有利であっただろうか。

「お前は本当に可愛い女だな」

床でも言わない言葉を、真壁は対局の最中に言うようになった。遵葉は、別段嬉しくはなかった。ただ真壁が進めたルークを、どう迎え撃つかに意識を集中させる。


遵葉が初めて真壁から一勝を得た日。それが真壁と遵葉が永遠に袂《たもと》を分かった日だった。榛遵葉は二十八になっていた。

「お前はずっと俺を騙していたんだな、遵葉」

遵葉は答えなかった。代わりに、駒を動かす。対局は既に終盤を迎えていた。ここの詰めを誤れば、戦局がひっくり返ることもあり得る。

「いつからだ」

真壁は遵葉に重ねて問うた。

「一体何のことです」

「何もかもだ」

「てっきり、今回のことかと」

「今回のことはいつからだ」

「この事務所で働くことに決めてから、ずっと計画しておりました」

遵葉は静かに答えた。

真壁が大事に抱えていた債務者達は、今やもういない。彼らに遵葉が新たに金を貸し付け、真壁からの借り換えをさせたからだ。本来ならば、そんなことは御法度《ごはっと》である。金貸しの業界でも爪弾《つまはじ》きにされるような真似であり、何より真壁の怒りを買うことである。

そんな蛮行がまかり通ったのは、気の長い下準備を以《もっ》て、遵葉が周りを味方につけてきたからだ。殺されそうになることも考慮して、遵葉は力に訴えることが出来る者を近くに置き、遵葉自身も、懐《ふところ》に拳銃を仕込んでいた。

だが、真壁は特に取り乱すことも暴力に走ることもなく、長い溜息を吐いた。

「そりゃまあ気の長い話だ……。おかしいとは思っていたんだが、まさかお前が……」

遵葉にとっては、真壁の言こそが信じられないものだった。あれだけのことをしておきながら、遵葉の中に彼への情があると本気で思っていたのだろうか。

「いずれはお前に全てをくれてやるつもりだったんだ。残してやるつもりで……」

「確かに受け取った。遅いか早いかの違いだ」

遵葉が言うと、真壁はくつくつと笑った。

「大した女だ……本当に」

そう言うと、真壁は立ち上がって紙を取り出した。いつもの、封じ手をする際に使うものである。

「お前が馬鹿なことをしでかしたお陰で、尻拭《ぬぐ》いをする羽目になっちまった。勝負はお預けだ、それでいいいな」

真壁は封じ手を書き、蠟で封をした。それを遵葉に渡すと、ビルの八階にある事務所の窓を開けた。

真壁が窓から落ちるなり、遵葉は封筒を破った。二度と再開されない対局を待つほど、遵葉は感傷的な人間ではなかった。

一九七九年、榛遵葉は真壁の後を引き継ぎ、金貸し業を始めた。三十歳の時であった。

予め地固めをしておいた甲斐もあって、引き継ぎはスムーズに行われた。ヤミ金業界の人間も頭がすげ替えられたことを怪《あや》しむ様子も無い。むしろ、女である遵葉が表に立つようになり、相当に与《くみ》しやすくなるのではないかと思われていた程だった。

だが、遵葉は気を抜かなかった。侮《あなど》られている自覚の上で、至極冷静に事を運んだ。

とはいえ、この時期の遵葉が目立った動きをすることはなかった。彼女はあくまで真壁のやっていた仕事をこなし、野心を見せることなく粛々《しゅくしゅく》と仕事をした。その様はまるで真壁が遵葉に乗り移っているかのようで、少々薄気味悪がられた。真壁が使っていたチェス盤と駒も引き継ぎ、債務者にチェスの勝負を持ちかけるところすら真壁とそっくり同じだった。

違うのは、遵葉が決して負けなかったところである。彼女は勝った上で相手の努力に敬意を表し、支払いを猶予した。そして、然《しか》るべき時にそれを収穫した。

彼女の天下の始まりは、一九八六年——遵葉が三十七歳の時である。

世は空前のバブル景気であり、金が金を呼ぶ黄金時代だった。この時、遵葉のようなヤミ金業者もまた恩恵を受けた。『ノンバンク』といういかにもクリーンな名で脱臭され、気前良く金を借りる債務者達で潤い、兆を超える金額を貸し付けている業者も少なくなかった。

周りが好景気の波に乗る中、一人それに乗らなかったのが遵葉である。

遵葉はこの時代にあってもなお、じっとして動かなかった。債務者を精査し、彼女が定めた基準に達していない者には貸し付けをしなかったのである。流石《さすが》にこの時ばかりは同業者達も訳知り顔で助言した。

岸部もその一人であった。

「時流を読んでないのかい。この景気は終わらんよ。金持ちが金持ちになるのと同じ道理だ。日本はもう貧しくなることがないンだよ。貸せば貸すだけ四割増しで返ってくる。良いことずくめじゃないかい」

「私は小心者ですから、相応にしか商売が出来ないのです」

「真壁の奴が生きていたら、きっとこの好機を逃しやしなかったよ。大勝負に打って出たはずだ」

「そうですかね」

「やあ、本当に惜しい……チェスが強いところしか、お前さんは真壁に似とらん。金貸しをやるには優しすぎる……真壁を殺して、気が萎《な》えたンだろう……ええい、負けた」

「まだ詰んでいませんよ」

「こんなン負けに決まってるだろうに。時間の無駄無駄」

遵葉は途中で勝負を投げる人間が好きではなかったが、岸部の言葉に大人しく盤を片付けた。

果たして、五年後にバブルが崩壊し、景気よく金を貸していた相手が立ちゆかなくなると、四割増しのリターンを期待していた業者は青ざめることとなった。一つ転べば全て転ぶ。多くの金貸しが潰れた。

それでもこの苦境を乗り越えれば光明が見えると期待した業者は、よりによって同業者から金を借りてまで延命を望んだ。岸部もそうだった。

「勿論、助けましょう。こういう時の為の私です。岸部さんにはこれまで本当にお世話になりましたから……」

遵葉はそう言って笑みを浮かべた。金貸しに向いていないほど優しく、欲を搔かない女。人一人を殺しておいて、こんな職業に身をやつしておいて、そんなはずがないというのに。岸部はそれから八年もの間、遵葉の対局の相手となり、足搔いては搾り取られた。彼が車ごと埠頭から海に飛び込んだ時、遵葉は少し悲しく思った。もう少し吸えると期待していたからだ。

取り立てが、まだ法で規制されていない時代だ。多くの同業者から吸った金で大きくなった遵葉は、本格的に事業の規模を広げた。四割の利子で貸し付け、最終的に払えなければ容赦無く取り立てた。遵葉の目には、身の程知らずの債務者達が酷《ひど》く愚かに映った。生きて行く上で、全ての駒を失わずにいられるわけではない。何を切るかを選ばなければならないのだ。遵葉はもう随分切ったが、未だキングに傷をつけられたことはない。

「私はチェスを趣味としています。もし、私に勝てたなら支払いの猶予を認めましょう。そうでなくても、私に楽しい勝負をさせてくださったなら、その場合も同様に」

遵葉は債務者にそう言って、盤の前に座らせた。彼女は負けはしなかったが、対局者を讃えて寛容さを見せつけ、彼らの事業が奇跡の復活を遂げる日が来るのを共に期待してみせた。

チェスというのは物語でもあるのだった。諦めずに遵葉に挑む債務者は、自身の事業をそこに重ねて勝利を夢見ていた。遵葉は彼らの夢を継続させる為にチェスを使った。

まだ真壁が生きていた一九七〇年代の有名なチェスプレイヤーに、ボビー・フィッシャーが挙げられる。彼はアメリカを代表してチェス選手権に出場し、第二次世界大戦以降、世界チャンピオンのタイトルを独占していたソ連を打ち破ると国の英雄となった。これは、米ソのチェスの試合が、いわゆる冷戦の代理戦争として扱われていたからである。

真壁はこのニュースをいたく気に入り、遵葉にも語って聞かせた。当時の遵葉はたかだがチェスの試合に国の威信が託されていること自体に鼻白んでしまうところがあったのだが、今だからこそ分かる。

この黒と白の盤面は、物語を託すのに相応《ふさわ》しい度量の広さのようなものがあるのだ。国の威信を投影する者もいるだろう。自身の再起を投影する者もいるだろう。これはある種の鏡なのだ。かつての真壁はそれを理解して利用していた。

ならば、自分がこの盤上に見るものは何なのだろうか、と遵葉は思う。

一九九七年、コンピュータが初めて人間のチェスチャンピオンを打ち破った年。榛遵葉の名は業界で知らぬ者がいないほどになっていた。

顔に傷のある孤高の女王。盤上で人間を弄ぶ策士であり、凍る血の無い冷血。それが四十八歳になった遵葉の評価であった。遵葉は見切りを付けた債務者に対する取り立てに、一切の慈悲をかけなかった。遵葉は、かつて自分の両親がやられたことを違う形で債務者に返してやった。それで気が晴れるというわけでもないのだが、遵葉には自分がこれを選んだという確固たる自負があった。

勝負を途中で投げ出す者は、必ずその足を掬われる。遵葉は勝負を降りるつもりがなかった。かつて真壁より遵葉の方が与しやすいだろうと考えた人間達は、その選択を後悔することとなった。

遵葉は化物に成っていた。

遵葉が栄華の道を歩んで半世紀近くが過ぎた。

六十三歳となった遵葉の元を、一人の男が訪れた。

「お久しぶりです。いいえ、私は初めましてなのですがね。かつて父が随分とお世話になりまして」

やけに卑屈《ひくつ》な目をした男だった。背が高く見栄えがいいはずなのに、なんだか妙にパッとしない。人生で溜め込んだ澱《おり》に頭からすっぽりと浸《つ》かっているような、そんな男だった。まだ三十代後半だろうに、卑屈さによって老け込まされているような印象だ。

「五越《いっこし》と申します。これは母方の名字でして、父は岸部といいます」

遵葉は目を見開いた。彼は、バブル期の終わりに遵葉が引っかけた、あの岸部の息子だった。

「それで、何の用だ？　今更思い出語りに来たのか。生憎《あいにく》と、私はもうお前の親父の思い出など殆《ほとん》ど忘れた。覚えてるのは対局した時の盤面だけだ」

「噂通りの方ですね。ご用というほどのことではありませんが。この度、めでたく同業と相成ることとなりまして、女王に拝謁《はいえつ》をと」

「は、どんどん締め付けが厳しくなっている状況下で、よくもまあこんな仕事が出来るもんだ。自分の父親がどうなったか知らないわけじゃないだろう。ここは老兵が既得権益を貪《むさぼ》るだけの、死んだ鉱脈でしかない」

「勿論ですよ。あの頃、私はもう既に道理を弁《わきま》えられる歳でしたから」

五越は事務所の端に据えられたチェス盤の前に座ると、遵葉を手で促した。

「一局お願いできますか？」

遵葉はそれを承諾した。

五越はまるきり素人というわけではなかったが、父親ほどの腕前は無かった。指し筋に光るものは無く、凡庸である。だが盤上に投影しているものは得体の知れない情念であり、彼と向き合っている遵葉は胃の腑に不快なものを覚えた。芯から厭な男だった。

「私は直接見たわけではないですが、こうしていると若い頃の父と貴女の姿を思い出しますね。盟友である真壁さんも、この盤を囲んだんでしょう？」

「そうだったかね」

遵葉はわざと素っ気なく言った。すると、五越の眉がぴくりと動いた。

「真壁さんのことは今でも思い出しますか？」

「この歳になると、小娘の時分で会った男のことなど思い出しもしないもんだ」

「思い入れがあったのかと思いました。チェスにこだわっているのも、今もなおこの古い事務所で商売をしているところも含め」

「かつてチェス狂いの金貸しがいたことなど、誰も覚えていやしないさ。思い出してやるのは私だけだ」

五越の手が止まった。じっと遵葉のことを見つめる。彼の目には、隠しようもない憎しみが滲《にじ》んでいた。その目を見て、心底馬鹿げていると思う。五越は父親と同じ業界に足を踏み入れるべきではなかった。遵葉に憎しみを向けるべきではなかった。

その目は、かつての遵葉を思い出させた。

「お会い出来て嬉しかったです。この後所用がありますので、これで失礼致します」

五越が頭を下げる。

「待て。対局も半ばだろう。最後までやり通せ」

「貴女ほど強くはありませんが、私も少しはチェスの心得があります。絶対に勝てませんよ」

「まだ分からない」

事実、五越が不利な盤面ではある。だが、まだ勝負は分からない。勝負を投げ出すほどではない。

「お前の父親も、途中で勝負を降りる人間だった」

遵葉がそう言うと、事務所を出ようとしていた五越の足が止まった。

「本当に用があるんです」

「なら、封じ手を書くといい。次に勝負をする時にそこから再開しよう」

遵葉は引き出しから上等な紙と銀地の封筒を取り出した。百年後でも残りそうな紙を使い、蠟で封をするのが遵葉のやり方だった。真壁から奪った、遵葉のやり方だ。

「署名もしておくんだよ。お前の手だと分かるように」

「封じ手を書いたとして、盤面も記録しておかなければならないのでは？」

「なら、お前が次に来るまでそっくりそのままこの盤面を取っておくさ」

五越は訝《いぶか》しげな表情を向ける。老人のつまらない冗談と思っているのかもしれない。

「それに、私はとても記憶力がいいんだ。一体どんな盤面だったか、私は絶対に忘れやしないよ」

五越は何か言いたげだったが、黙って遵葉の言うがままに封じ手を作った。

五越の背を見送ってから、遵葉は盤上をじっと見つめた。恐らく、五越は二度と自分と対局をしないだろう。だが、遵葉はこの封じ手のことも、盤も、全てを忘れないと誓った。元より、遵葉は何一つ忘れていない。飛び降りた真壁も、海に消えた岸部も、今まで遵葉が取ってきた全ての駒の配置を覚えている。

遵葉は盤から駒を全て取り払うと、箱に仕舞った。五越に言われたからではないが、遵葉はこの事務所を引き払うことに決めたのだった。

人生の大半を過ごした事務所を引き払うこと自体に、遵葉は何の感慨も湧かなかった。一方で、新しく建てる事務所に、当たり前のように新たなチェス盤を置く算段を付けている自分には驚いた。榛遵葉とチェスは、もはや切っても切れない関係となっていたので、これは必要なことだと思った。未だ、チェスが好きなのかどうなのかは分からず仕舞いだ。

必要なもの以外は全て処分しようと、遵葉は徹底的に事務所を浚《さら》った。そして、遵葉は古い帳簿の中に無造作に挟み込まれた茶色い封筒を見つけた。

一瞬真壁の『封じ手』かと思ったのだが、そうであればこんな粗末な封筒に入れるはずがない。真壁が好んで使っていた封蠟も無い。おもむろに中を開くと、見覚えのある筆跡に迎えられた。

遵葉へ
苦境の中、お前を一人遺していくことを許してほしい。
生き抜く術を見つけ、どうか幸せに成ってほしい。
人間は例外無く大樹に繁る一葉。
お前の名前は、他者に遵《したが》い、他者を敬い、踏み躙《にじ》ることなく生きるよう付けた。
決して私のようにならないように。

見間違えようもない、父親の字だった。

遵葉は自らの名の由来を聞いたことがなかった。日々を必死に生きていく中で、そんなことを気に掛ける余裕はなかったからだ。それがこの期に及んで報《しら》されるとは。

ふざけるな、と遵葉は憤った。

勝手だ。あまりに独りよがりだ。娘一人残した分際で、よくも幸せに成ってほしいと言えたものだ。幸せを祈ることのなんと贅沢なことだろう。お前にその権利は無い。何が人に遵うことだ。

遵葉は既に、その名を踏み躙る道を歩いてきた。

真壁はどうしてこの遺書を遵葉に見せなかったのか。ある種の慈悲か、それとも別の理由なのか。この遺書を見つけたのは、遵葉を見つける前か、後か。いずれにせよ、彼は遺書の存在を死ぬまで遵葉に教えなかった。

涙が出るかと思ったが、ただ手が震えるだけだった。遵葉は長い間、その遺書を眺めていた。


鳴瀬生駒《なるせいこま》に出会ったのは、事務所兼自宅を移したばかりの頃だった。

鳴瀬生駒は、とある洋裁工場の経営者の息子だった。

父親は昔気質の経営者で、あまり喋《しゃべ》らない男だった。何事にも粘り強く、工場をギリギリまで畳まなかった。遵葉とのチェス勝負にも手を抜かず、忙しい日々の合間に研究を重ねていたようだった。

その姿が父親と重なって見えたのは、遵葉が遺書を見つけたばかりだったからなのだろうと思う。同じような人間ならいくらでも見てきたし、追い詰められた彼らが死という極端な逃げ道に走るところも沢山見てきた。

死の道連れに妻を選んだ割に、子供には手を下せず残していくパターンもありふれている。鳴瀬生駒はまだ九歳だったから、負債への手心が加えられると期待したのだろうか。遵葉の時代とは何もかもが違うし、同じ境遇にあった遵葉は十五歳だった。

だが、工場で首を吊った両親を見たであろう生駒の姿は、否が応でも自分を思い起こさせた。

他愛の無い話だ。

自分を過去に引き戻す遺書を見つけた時に、自分とよく似た境遇にある子供を見つけた。自分とよく似た境遇にある子供の名前が、よりによってチェスを連想させる『生駒』と名付けられている。その悪趣味な偶然が愉快だった。一体どういう意図で、自分の息子に生駒などという名を付けるのだろう？

だが、その名前によって、鳴瀬生駒は命を救われたのだった。


貸したものを取り立てないことなど、榛遵葉の人生ではありえないことだ。そんなことがまかり通ってしまえば、これまで遵葉に取り立てられてきた人間が浮かばれない。

六十四年生きてきた中で、遵葉は努めて無慈悲であろうとした。なら、ここで数多の屍に対し無慈悲な処置を――たった一人の子供に情けをかけるという、理不尽な裁定を行っても構わないのではないか、と考えた。

鳴瀬生駒の父親、隆《たかし》は自殺であった為に保険金は支払われなかった。彼の工場は売ったとて、借入額には到底足りない代物だった。だが、遵葉はそこの帳尻を綺麗に合わせ、鳴瀬生駒を背負うものの無い無垢な身で社会に出した。そして、引き継いだ借金が無いという前提で、ようやく生駒を引き取ってもいいという親戚が現れたようだった。

生駒は不幸を経験し酷く心が傷つけられたものの、新しい家族に受け容れられたのである。

そこで手を引いても構わなかったのだが、遵葉はその後も生駒のことを遠巻きに見守った。

彼を引き取った親戚はあまり裕福な家庭ではないらしく、生駒はやや肩身が狭そうであった。

借金が無くとも、彼の心には暗い影が落ちているようだった。

いつか立ち直るだろう、そうあってほしいという遵葉の思いとは裏腹に、生駒は中学校に上がっても暗く沈んだ顔をしていた。

そこで遵葉は、生駒を引き取った親戚に接触し、金銭の援助を申し出た。

「かつて鳴瀬隆さんにお世話になった者です」

遵葉はまとまった金を家に送った。不審がられると思ったのだが、意外にも親戚はすんなり遵葉の嘘を受け容れた。

「不況の折に金を用立てて頂きまして」

「隆さんならそうしたでしょうね」

親戚の女はそう言って頷《うなず》いた。そうであったのか、と遵葉は思った。そんな評価を下している人間を、この女は助けなかったのか、とも思った。だが、それも過ぎた話である。

「鳴瀬さんの息子さんが、ここにいらっしゃるでしょう」

生駒の話題を出すと、女は訝しげな顔をした。

「いますけど、何か」

「あの子を高校に行かせられるだけの金はあります。彼が望むなら大学にも」

「あの子のことは、出来る限り世話をします。せめてあの子が十八になるまでは」

その言葉を引き出せただけでも、遵葉にとっては喜ばしいことだった。

これで生駒の経済的な問題は解決したと思われたものの、彼自身は人と交わろうとせず、学校の行き帰りも一人でいるようだった。

老女であることの素晴らしいところは、道をあてどなく歩いていても奇異に思われないところである。遵葉は誰に見咎《みとが》められることもなく、公園のベンチで本を読んでいる生駒に近づくことが出来た。

その日、遵葉は彼の読んでいる本のタイトルを知り、息を呑んだ。生駒が読んでいたのは、チェスの名局集であった。

「チェスが好きなのか？」

遵葉が声を掛けると、生駒はパッと顔を上げた。

「おばあさん、どなたですか？」

五十を境に足を悪くした遵葉は、わざわざ自分が出向くのではなく、債務者を事務所に呼ぶことが多かった。従って、生駒と顔を合わせるのも、これが最初である。

「随分素直な子だね。言うに事欠いて私をばばあ扱いか」

「すみません。そんなつもりは無かったんです」

「私は榛遵葉。お前は？」

「鳴瀬生駒です」

生駒は丁寧に答え、じっと遵葉のことを見た。遵葉の名前に何の反応も見せなかったということは、自分の父親が金を借りていた相手だ——ということは知らないのだろう。

ややあって、生駒は続けた。

「チェスが好きかは……分からないです」

「その本は、そんじょそこらの子供が読むもんじゃないだろう。それで好きじゃないんなら、一体何でそんなものを読むんだ？」

「お父さんがチェス好きだったんです」

――好き？

遵葉は戸惑う。

「趣味だったのか」

「そうだったんだと思います。仕事が忙しくて……でも、その中でもチェスだけは続けていて……」

どうやら彼は、父親がどうしてチェスをやっていたのか知らないようだった。彼にとってのチェスは息抜きでも何でもなく、遵葉が課したものであることを知らないまま――盤を通して父親の影を追っている。

その時初めて、遵葉は息苦しさを覚えた。生駒は何も知らない。チェスが忌《い》むべきものであるということも、目の前にいる老女が父親の敵であることも知らない。

「お前もチェスは強いのか？」

「分かりません」

「自分の実力くらい大体当たりがつくだろう」

「誰かとやったことがないので」

呆気に取られた。名局集なんてものを読みながら、生駒は一度も対局をしたことがないのだ。

「なら、私とやるかい」

生駒が驚いたように遵葉を見た。

彼の顔には今まで見たことのない表情が浮かんでいた。

五百六十二局中五百六十二勝〇敗。それが遵葉の生駒との対戦成績だった。

遵葉は学校終わりの生駒を喫茶店に誘い、折り畳み式のチェス盤を使って対局をするようになった。

年をとって良かったことの一つに、孫も同然の年齢の子供と喫茶店で遊んでいても白い目で見られないことが挙げられる。

生駒はそこらの債務者とは比べものにならないほど強かった。今まで対局をしたことがないというのが信じられないくらいだ。筋が良く、勘が良い。こう言うのも何だが、父親とはまるで違っている。

チェスは、ビギナーズラックがまるで通用しない競技なので、遵葉が生駒に負けることはなかった。だが、十年後にはひっくり返されているのではないか、と思った。

債務者ばかりを相手にしていた遵葉は忘れていたことだったが、チェスというのは会話の多くなるゲームだった。駒を動かしながら、生駒は遵葉にぽつぽつと話を振ってきた。

「榛さんの顔の傷は、どうしたんですか」

「これは私が私を買い上げる為に払ったものさ」

「榛さんは何をしていた方なんですか？　仕事とか……」

「こんな老いぼれのことなんか気にするんじゃないよ」

彼の質問は、地獄への道に繋がっていることでもあった。だが、遵葉があしらっても生駒は果敵に質問を重ねた。生駒はこれでなかなか好奇心が強く、話すことが好きなようだった。彼の言葉は悲劇によって押し留められ、表に出てこられなかっただけなのだ。

時折、遵葉からも話を振った。

「お前の名前の由来は？」

「変な名前だと思う？　僕もそう思う。名字みたいだし」

「変だとは思わない。むしろ、私がお前を気に入っているのは、駒って漢字が入ってるからなんだからね」

「チェスが好きだから？」

生駒に問われ、遵葉は適当にはぐらかした。

果たして自分はチェスが好きなのか——そのことが、遵葉には分からない。チェスが好きだったのは真壁だ。遵葉は真壁のやり方を忠実に真似、彼の帝国を奪う為に趣味をもなぞった。好き、という言葉で表せるようなものではない。遵葉にとってチェスは、両親を破滅に追いやったものであり、人生を賭けたものでもある。榛遵葉という人間に分かちがたく結びついていて、今更手放すことの出来ないものである。

「生駒って名前は、お母さんが付けたんです」

生駒はぽろりと言った。

「人はみんな生きた駒。大きな世界の一員であることを忘れないようにって。慎ましく生きなさいって、何度も言われました。真面目《まじめ》な人だったんだな、と思います」

それは、と遵葉は思う。そして、自問自答した。

自分は生駒の名前を聞いた時に、どこまで自分に近いと直感していたのだろう。

「良い名前だね」

「本当ですか」

「ああ。お前によく似合っている」

「変わった名前ですけど、僕もそう思います。名前の由来を聞かれることなんて殆ど無いから、話す機会も無いんですけど……」

そう言うと、生駒はぴたりと手を止めた。ポーンを持った手が震え、目から涙がぼろぼろと溢れ出した。

「すいません。泣くつもりじゃ……」

「構いやしないよ。誰も気にしない」

「僕が学校から帰ったら、お父さんもお母さんも、二人とも……しっ、死んでて。僕、その日、放課後のバドミントンクラブに出てて、もし、もしも、クラブに出なかったら、会えたかもしれなくて、」

嗚咽《おえつ》しながら語る生駒を見ながら、遵葉は事務所の従業員から受けた報告を思い出していた。生駒の両親が首を吊ったのは午後二時頃である。生駒がクラブに参加していようがいまいが、死に目には会えやしなかった。

生駒は未だに両親のことで深い傷を負っているようだった。当然だ。一生忘れられるはずがないのだ。生駒は高校生になろうが、大人になり老人になろうが、自分の親が首を吊って死んだことは忘れられない。

遵葉もそうだ。あの時の饐《す》えた臭いすら思い出せる。

「泣くことはない。それはお前がすべき後悔じゃない。それはもっと、別のところに根を持つもんだ」

遵葉の言葉の意味を正しく理解してはいないだろうに、生駒は何度も頷いて泣き続けた。


高校に上がる時など、遵葉が生駒との別れを覚悟する節目が何度かあった。だが、生駒は遵葉との交流を絶とうとはせず、変わらず対局を求めた。

「お前は本当にどんどん強くなるね。他にやることはないのかい?」

「強くならないと、遵葉さんが対局をしてくれなくなるかもしれないので」

「それを条件にするんなら、私はとっくにお前との対局をやめてるさ」

遵葉が言うと、生駒は楽しそうに笑った。生駒を見守り始めたばかりの頃、彼が笑わないことであれだけ気を揉んでいたのが嘘のようである。

遵葉は悪辣な人間であり、彼女は生駒の好意を吸い上げては擬似的な血縁関係を楽しんでいるだけだ。もし真実が知れれば、生駒は決して自分のことを許さないだろう。そう分かっていながら、遵葉は敢えてこの状態に甘えた。

遵葉は既に、金貸しとしての一線を退いていた。養うべき者もおらず、したい贅沢も思いつかないのだから、この判断がむしろ遅すぎたとも言える。

五越はあれ以来、精力的にヤミ金融業の常道を歩み、今や一端《いっぱし》の金貸しとして名を馳せていた。ヤミ金業者に対する締め付けが厳しくなってもなお、すり抜けるように事業を拡大していく手腕は、遵葉からしても目を見張るものであった。

一つ気になるのは、近頃の五越の動きがやけに挑発的であることだろう。

一応の商売敵であるが、この十年、五越は目立ったことを仕掛けてこなかった。それが最近——特にこの一、二ヶ月になって、急に五越は遵葉の領分に手を出すようになったのだ。借り換えを強引にさせるところも含めて、やっていることがかつての自分にとてもよく似ている。

遵葉はもう七十三になる。熾烈《しれつ》な争いに身をやつそうという年齢ではない。だが、五越だけは別だ。今もなお遵葉に憎しみを滾《たぎ》らせているだろうあの男を、みすみす遵葉の後釜に座らせたくはなかった。

「遵葉さん？　どうかしましたか？」

「ああいや——なんでもない。少し疲れが出ただけだ」

「大丈夫ですか？　少し休んだ方が……」

「お前に心配されるほど柔じゃないさ」

遵葉は眉頭を押さえながら、生駒に尋ねた。

「ところでお前、十八になったんだったね」

「はい。三ヶ月前くらいに」

「もう高校も卒業だろう。どうするんだ」

「卒業をしたら、働きに出ようと思うんです。住み込みで働ける工場をいくつか見繕《みつくろ》っていて」

「そんな進路でいいのかい。チェスのプロになるのはどうだ。お前は強いだろう」

「遵葉さんに一度も勝てていないのに？」

生駒は笑い、そうして不意に真剣な顔になった。

「まずは自分で生活できるような地盤を作って、そこからやりたいことを見つけようと思って」

そう語る生駒の顔は、両親を亡くして動揺する小さな子供ではなくなっていた。遵葉は胸が詰まるようだった。

「……そうか。お前は立派だね」

「遵葉さんのお陰です。遵葉さんがいなかったら、僕はこうはならなかった」

「私なんかに感謝したら、後悔するよ」

遵葉の言葉は本心からのものだった。だが、生駒はそれをいつもの軽口として流し、遵葉はその誤解に甘えた。


そしてこの日を境に、生駒からの連絡が途絶えた。

生駒と連絡が取れなくなって一年近くが経っても、遵葉はさほど気にしていなかった。生駒は遵葉ではなく、もっと同世代の人間と関わるべきだと考えていたからだ。あるいは卒業を控えていて忙しいのだろう、という楽観的な考えもあった。かつての遵葉であったら、そんなぬるい考えをすることはなかっただろうに。

数日後、遵葉が書類を整理していると、事務所のインターホンが鳴った。

モニターで確認すると、生駒が立っていた。生駒がどうしてこの場所を知っているのか、と一瞬訝しく思ったものの、生駒の顔があまりにも切実だったので、遵葉は扉を開け、生駒を迎え入れた。遵葉はごく自然に応接用のソファーの前に——盤の前に立った。

「生駒、一体——」

「全部、あんたの所為だったんだ」

生駒が呟《つぶや》くのと、遵葉の腹に細身のナイフが刺さるのは同時だった。

衝撃が勝ち、痛みを覚えるのが遅れた。じわじわと血が滲んでいるのを見て、ようやく悲壮な決意に彩られた生駒の顔を見て、遵葉は全てを察した。

間違いなく、生駒は全てを知ったのだ。きっと、誰かが知らせたのだろう。だが、誰がわざわざそんな真似をしたのだろうか。恨みを買っているという自負はある。思い当たる節はいくらでもあった。だが、生駒を唆《そそのか》して遵葉を殺そうとする人間はそう多くないはずである。それほど執念深く計画していた人間。そういったことが起こると予測していた人間。

遵葉の抱える債務者に借り換えをさせ、まるで彼女がまもなく死ぬと知って準備をしていたかのような人間。

「五越か？」

五越の名前を出すと、生駒は分かりやすく動揺した。正解のようだった。

「あの人も、貴女に父親を殺されたって言っていた。貴女は今までずっと他人を食い物にし続けてきた——僕のこともずっと騙してきたって、」

一体いつから生駒に目を付けていたのだろう、と遵葉は考え、十年前からであろうと結論づけた。そうでなければ、このタイミングであるはずがない。生駒が十九の誕生日を迎え、少年法の中で裁かれることがなくなってからけしかけるなら、五越が全てを把握していて然るべきはずだ。

形振《なりふ》りさえ構わなければ、力無き遵葉のことなどいつだって殺せただろう。だが、五越は待った。遵葉の命を奪い、かつ遵葉が入れ込んでいる生駒の人生を破滅させられる瞬間を。

教唆した罪は五越にあるが、原因を作ったのは遵葉に他ならない。元を辿れば真壁の名を出すことも出来ようが、彼が死んだ後もその道を歩んだのは遵葉だ。誰の所為にも出来ない。罪が無いのは生駒くらいだ。

「何か……何か言ってください、遵葉さん」

「ああ、その通りだ」

遵葉がはっきりと答えると、生駒は大きく目を見開いた。

「どうしてそんなに驚くんだい。全てを知っているんだろう？　ああ、私はお前の言った通りの人間だ。あいつの父親も、お前の両親も、死ぬ原因を作ったのは私だよ」

言葉を口にする度に、心がすうっと楽になるのを感じた。遵葉はずっと、生駒にそれを明かす機会を探していたのかもしれなかった。

「なら……どうして……、……罪滅ぼしのつもりだったんですか？　二人を殺したから……その償いに……」

「私が不幸に陥れたのは、何もお前だけじゃないよ。私が罪滅ぼしをしなくちゃならない人間で一つの町が出来るくらいさ」

「じゃあ……どうして……」

「言っただろう。お前の名前が気に入った、と」

ある意味でそれは本当に正しい理由だった。六十を超えて感傷的になった女が、気に入った名前の子供に目を掛けた。同じ境遇の子供に絆《ほだ》され、死ぬまでの十年余りの慰めにした。それだけだ。

「時間が無い……。お前はこれから、私の指示に従うんだ。いいね」

「何を……言ってるんですか？」

「お前だって、私がここから助かるとは思ってないだろ。このままだと、お前が殺人犯になっちまう。その前に、なんとか誤魔化してやらないとね。全く、面倒なことを押しつけてくれたもんだ……」

「そんな……だって僕は、実際に、」

生駒の目が罪悪感に揺れていた。まずい、と遵葉は思う。このままでは、まず間違いなく生駒は自首してしまう。遵葉は骨張った手で生駒の胸ぐらを掴むと、唸《うな》るように言う。

「……自分の復讐を、奪われたままでいいのか。自分の人生をも……奪われたままでいいのか。親を奪われたお前は、私への憎しみをも奪われてるんだ。このままで終わって、悔しいと思わないのか」

遵葉はそのまま生駒の胸を押し、彼を突き放した。勢いで、その身が倒れた。

「……金庫が……あるだろう。今から、十二桁の暗証番号を言う。……それを入力するんだ」

生駒は言われた通りにした。金庫が開く。そこには数百万の現金と有価証券が入っている。

「インターホンや、金庫の指紋を全部拭いて、その中身を全部持って、……早く行け。そして……絶対にここに戻るな……」

生駒が躊躇《ためら》う気配がした。遵葉が怒りを込めて繰り返すと、生駒はその通りにして、部屋を出る時には振り返りもしなかった。

それでいい、と遵葉は思った。生駒のことを素直に愛しく感じた。

父親の遺書を読んだ時、遵葉は怒りを覚えた。勝手に人の幸せを願う厚かましさに憤った。

だが、今自分は生駒に対して同じことをしている。死に際した人間が贅沢になることを、遵葉は今日知った。

立ち上がると身体がふらついた。老いぼれた自分の身体が何故機能しているのかが不思議なほどだった。命が消えゆこうとしているのを肌で感じる。だが、ここで死ぬわけにはいかない。

遵葉は手袋を着けると、ずっと鍵を掛けていたチェストの引き出しから、とあるものを取り出した。

真壁が事務所に置いていたあのチェス盤である。——五越の対局を最後に一度も使わなかった芸術品の如き盤と駒である。あの時の『封じ手』も、寄り添うように添えられていた。

チェスにおいて重要なことは、数十手先を読むことだ。

五越が憎しみの籠《こ》もった目で遵葉を見つめてきたあの日、遵葉は彼がいつか自分を殺しにくるのではないかと思った。なので、彼の指紋が付いた駒と盤をそのまま取っておくことにしたのである。いつか、それが遵葉のダイイングメッセージとして機能することを願って。

柘植も黒檀も、べったりと指紋の残りやすい素材だ。上質な紙や木材は十数年以上も指紋が残るという。若かりし頃、指紋のついたこの駒を磨かされていたことを思い出す。

ならば、これから先の先の先のいつかに——盤と駒に付いた五越の指紋は役立つかもしれない。

あの時の遵葉はそう考えた。だからこそ、事務所を移す際に新しいチェス盤と駒を購入したのである。

遵葉はまず五越の『封じ手』を空っぽの金庫の中に入れ、閉じた。

保管していたチェス盤と駒を取り出し、今置いているものと慎重に入れ替える。傷口からじわじわと血が滲む感覚があり、自然と呻き声が漏れた。だが、やり遂げなければならない。

遵葉はゆっくりと駒を並べていく。十年前の対局をゆっくりとなぞる。

遵葉は本当に忘れていなかった。あの時、五越がどんな盤面で中断したかを——再現することが出来る。出来ているはずだ。

盤上の再現を終えると、遵葉は深く息を吐いた。

そして、ここから起きることを想像する。

自分の死体が発見された後、警察はまず盤面に注目するだろう。結果、遵葉が誰かと対局をしていたところであり、その対局相手こそが犯人なのではないかと疑うはずだ。金庫の中も検《あらた》めるだろう。中には五越の署名が入った封じ手が入っている。

警察は一体どう思うだろうか？

遵葉と五越が対局をし、それを中断して『封じ手』を作る。遵葉は『封じ手』を金庫に収め、帰ろうとする五越を見送るところで口論になる。そこで頭に血の上った五越は、遵葉を刺してしまう。

これは、賭けの要素が大きい勝負だ。十年経った今でも五越の指紋が駒に残っているかは分からない。『封じ手』に、警察は大きな意味を見出さないかもしれない。もしかすると生駒を教唆した五越は、はっきりとしたアリバイを作っているかもしれない。生駒が罪の意識に耐えかね、遵葉の望まぬ自白をするかもしれない。

だが、死にゆく遵葉にとっては、やる価値のある賭けである。元より、遵葉は勝ち目の無い賭けで自身の命を拾った女なのだ。死を覚悟した十五から、半世紀以上生き延びた。充分だ。手袋を外し、机に仕舞う。

後は、ナイフに着いた生駒の指紋を消すだけだ。

遵葉は服の袖でナイフを摑むと、柄を拭いた。ナイフは腹を裂くように真横に滑った。腹から血が溢れ出る。ふわりと遵葉は重力から放たれ、後ろに倒れた。

遵葉は自分の顔を裂いた時のことを思い出していた。何もかもが、あの瞬間に戻って行く。長い賭けだった、と遵葉は末期の息と共に吐き出す。

盤上に何を重ねるかは人によって違う。果たして、自分は何を重ねてきただろうか。だが、倒れた遵葉にはもう盤を見下ろすことは出来なかった。

代わりに遵葉は、生駒に重ねた。彼に今までの全てと、かつて遵葉にあったものの全てを重ね、彼の幸いを傲慢《ごうまん》にも——欲深くも願った。

妹の夫

五度目の短距離ワープが終わった。

荒城務《あらきつとむ》は広大な宇宙を前に、深く息を吸い込んだ。この船の外側に広がるのは、完全なる真空である。人類の夢と期待で出来た殻に籠もり、荒城は遥か彼方《はるかかなた》へと旅立って行く。既に地球の姿は見えなかったし、荒城が再びそれを見ることや生きてその土を踏むことも無い。

突然、腹の底が破れるかのような孤独に襲われ、荒城は計器の傍《かたわ》らにあるモニターに目を向けた。

そこには、妻の琴音《ことね》が掃除をしているところが映っていた。

琴音の趣味は気分転換に掃除をすることなので、ただ雑巾掛けをしているだけでも楽しそうだった。もしかしたら部屋には琴音の大好きなジャズが流れているのかもしれないが、荒城はそれを聴くことが出来ない。このモニターが受信出来るのは、映像だけなのだ。

琴音、と小さく呟いてみる。当然ながら、荒城の声は向こうには聞こえない。だが、それから数分経って、琴音がこちらを向いた。琴音は荒城に向かって軽く手を振り、にっこりと笑ってみせた。まるで心と心が通じ合ったかのような様子に、荒城の鼓動が高鳴る。

荒城は、愛する妻ともう二度と直に会うことが出来ない。この小さなモニターに映る彼女の姿だけが、荒城が見ることの出来る最愛の妻の姿だった。

時計を確認すると、最初の長距離ワープが三十分後に迫っていた。その次の長距離ワープは更に二十分後である。荒城が妻と触れ合える時間は少ない。

掃除を終え、カウチに座り本を読む琴音を見ながら、荒城は彼女との会話を思い出していた。

荒城がこうして宇宙に旅立つ前の会話だ。


「もう少し分かりやすく教えてくれる？」

クッションを抱えながら、琴音は少しばかり頬を膨らませて言った。「もう少し分かりやすく」が口癖の彼女は、荒城の説明を回りくどいと言う。

どうしたらいいものか、と悩んだ荒城は、近くにあったストレッチボールを手に取った。

「うーん……このボールがあるだろ」

荒城はそう言いながら、ボールをぐにぐにと指先で押した。ボールは先ほどの半分の厚さにひしゃげてしまう。

「宇宙を、このたくさんのボールで埋まった巨大なプールだとする。自分が向かおうとしている先にあるボールを、こうしてギュッと押し潰して圧縮する。そうすると、自分の前にあるボールの周りには少し余裕が出来るから、そのボールが伸びる」

荒城は、ボールを餅《もち》のように平たく引き伸ばした。

「こうしたことが行われると、周りのボールも動くだろ」

「うん。ぎっちり詰まっているんだもんね。それは分かる」

「そうなると、ボールプールの中で波が生まれるんだ。この波は力強くて大きい。なんてったって空間に影響を与えるくらいの力がボールに掛かっているんだからね。この波に乗って宇宙を進めば、今までとは比べものにならないくらい速い速度で、船は海を渡れる。凪《な》いだ海だと、漕いだ分しか進まないだろう？」

「理屈は分かったわ。つまり、今回の実用化で人類は、宇宙という名の海に波を起こす技術を手に入れたんだね。まるで芭蕉扇《ばしょうせん》みたいに」

根っからの文系で理系科目にはとんと弱い琴音ではあるが、理解は早い。彼女はうんうんと頷くと、荒城の方を見つめて話の続きを促した。ややあって、荒城は続ける。

「……この理屈自体は随分前に考え出されて、実用化の算段がついたのが四十年ほど前。第四次エネルギー革命が起こった頃だ。……これで人類が宇宙の遥か彼方まで辿り着く、というのが夢物語じゃなくなったのが五年前。そこに本腰を入れてキャスティング出来るようになったのが、一年前」

「……それで、オーディションの終わりが今日。私の夫は、見事ジョバンニ役を射止めることが出来た。宮沢賢治もびっくりね。銀河鉄道が本当に実現するなんて」

話が飲み込めてきた琴音の顔が、段々と真剣なものへと変わっていく。ここから先を伝えるのが躊躇われた。けれど、避けては通れなかった。

「予定では三六〇光年先への航行が可能だ、という結論に至った。俺は宇宙船に乗って、航行データを二十四年に渡って地球に送信し続ける。勿論、そのデータがどのように扱われるのか、果たしてそんなことが可能なのかすらも分からない。ワープを繰り返し続ける初の有人長距離航行だからな。どうなるかなんて誰にも分からないんだ。だが、確実に言えることが一つある」

琴音の瞳が大きく揺れた。

「俺は、生きて地球に帰ってこられるかも分からない。帰ることが出来たとしても、恐らく君にはもう会えない」

「………そう……そういうことに、なるのね」

「ああ。……有名な、浦島太郎のお話だ。俺がワープを繰り返して宇宙の果てに向かっている時に流れる時間と、その間地球で流れる時間は同じじゃない。俺は遥か未来へと旅立つことになるんだ」

荒城は、この日初めて単独有人長距離航行のパイロットへの選出を報された。ずっと希望は出していたが、倍率は相当なものだった。荒城が選ばれたのは能力もさることながら、かなり幸運だったと言っていい。

喜べたのは一瞬だった。このミッションに挑むということは、結婚して三年も経たない妻との永遠の別れを意味していたからだ。

「俺がこのミッションを受けたら、君は一生涯年金を貰えることになる。今の給料と同じくらい――いや、少し多いくらいの額だ。だから生活の心配は無い」

「そんなこと私が心配すると思う？　私だって働いてるのに」

「ああ、そうだな。こんなのは問題じゃない。問題なのは――……」

向き合うのが怖くて、どうでもいい枝葉の話をしてしまった。問題なのはそんなことじゃない。琴音の肩が微《かす》かに震えている。

「……俺の他にも、ジョバンニは四百名程度いる。極めて大規模なミッションだ。俺が抜けても問題は無い。それに、降りてもいいって予め言われてるんだ。どうしても片道切符で宇宙に行けない人間はいる」

「……私が行ってほしくないって言ったら、貴方は諦めるの？」

「ああ、そのつもりだ」

荒城はきっぱりと言った。

「ここにあるのは、完璧な生活なんだ。琴音がいて、毎日穏やかに暮らせて……それを捨ててまで暗く冷たい宇宙に行くのは、死ぬくらいの勇気が要る」

「でも、夢だったんでしょ？」

琴音の言う通り、有人長距離航行は長年の夢だった。太陽系外の世界に行くことが出来れば、きっと自分の想像を超えたものが見られる。人類が生きていた証を、この宇宙の果てに打ち立てることすら出来るかもしれない。そう思って、荒城はこの世界に飛び込んだのだ。

だが、その夢ですら琴音の為なら捨てることが出来た。何しろ、荒城は彼女と暮らすこの生活を、この幸せを知ってしまった。琴音ともう二度と会えないと考えるだけで足元がぐらぐらと揺れ、確かなものが無くなってしまいそうな不安に襲われる。

「俺はもう三十三だ。あと二年もすればN28――研究専門の部署に異動することも出来る。そこに配属されたら、琴音と離れるようなこともない」

「……前に言ってたキャリアのエリートコースね」

「それはそれでやりがいはあると思うんだ。人類の旅を裏方として支えるというのも」

そう言って、荒城は琴音の返答を待った。

ただ一言、琴音が「行ってほしくない」と止めてくれたら。荒城はむしろその言葉を待っていた。そうすれば、宇宙をきっぱりと諦めることが出来るだろう。

長い沈黙の後、不意に琴音が言った。

「One of the basic rules of the universe is that nothing is perfect. Perfection simply doesn't exist. Without imperfection, neither you nor I would exist.」

耳慣れない言葉に、荒城はきょとんとした表情を浮かべた。

「どういう意味だ?」

「ふふ、どういう意味だと思う?」

琴音は悪戯《いたずら》っぽく笑って尋ねた。

「わかるわけないだろう。翻訳機も作動させてないし。えーと、今のは……」

「英語よ。昔は英語は必修科目で、英語帝国主義なんて呼ばれていた時代もあったっていうのに。今では随分ささやかな存在になっちゃったわね」

「英語か……仕方ないだろ。これだけ技術が発達したら、外国語を学ぶ意義なんてなくなる」

荒城が産まれる十数年も前に、翻訳機の進化は頂点に達した。通信機器を使う時は常に翻訳機が通されるようになり、普段出歩く時も、耳や首に掛ける形の翻訳機を用いるのが普通となった。勿論、外国語が学生の必修科目になることもない。

「どれだけ翻訳機が発達しても関係無いの。翻訳するっていうのは、言葉を違う国の器にただ移し替えていくってだけのことじゃないの。そこに訳者の心を入れる作業があって、初めて翻訳になるんだから」

「じゃあ、翻訳は今じゃ芸術に近いな」

「そうかもしれない。私は芸術家なの」

そう言って、琴音が荒城にじゃれついてきた。

彼女の職業は、今では珍しい翻訳家だった。

機械翻訳の精度が極まった分、翻訳家の仕事はむしろ言葉の解釈をすることに比重が置かれていた。より深く、より話者の感性に寄った翻訳によって、原文に込められた意味を引き出す作業だ。

荒城には彼女の仕事の詳細も、外国語のことも分からなかったが、だからこそ一定の敬意を払っていた。実際に彼女の訳文を読むと、言葉の瑞々《みずみず》しさに驚かされた。

「さっきの言葉はホーキング博士の言葉だよ。『完璧なものは何一つない。それが宇宙の揺るぎない法則の一つだ。この不完全さがなければ、私達は存在しなかった』」

「……なんでその言葉を？」

「夢を諦めて私といても完璧な生活じゃあない。心に従って地球を離れて、私と会えなくなるのだって完璧な生活じゃあない。どちらにせよ完璧な生活じゃあないんだから。……だったら、夢を叶えてほしい。人間は自分の人生を一度しか生きられない。なら、貴方は宇宙の果てに行くべきなの」

琴音はそう言って、荒城のことを抱きしめた。

「……でも、もう二度と、貴方に会えないなんて信じられない」

「俺もだよ」

「ねえ、七夕ってあるでしょう。仕事を一年頑張ったら、織姫と彦星は一日だけ会うことが出来るの。私達はそれも出来なくなるんだね。ふふ、遠いね」

琴音は殆ど泣き笑いのような調子で言った。自分をこと座のベガ——織姫に見立てて、この状況を冗談にしようとしているのだろう。それを見て、荒城はいよいよ堪《たま》らなくなった。

「本当は、俺の方が耐えられないんだ。本当は琴音と離れたくない。俺の方が……」

荒城も琴音のことを抱きしめたまま、しばらくじっとしていた。


この会話の後、荒城はふと妙なことを思いついた。

地球から数光年の距離であれば、自宅と宇宙との通信のタイムラグも数日で済む。そこから更に数十光年となれば話は変わってくるだろうが、少なくとも太陽系内であれば——出発から数週間の間は、家に設置したカメラの映像を、宇宙船に飛ばせるのではないか？

「私のことを撮影したいの？」

「ああ。どのくらい届くものか分からないし、こっちから琴音の方に映像を送るのはコストが掛かりすぎる。だから、一方的に琴音の映像を見せてもらうことになるけど……」

「それは声も入るの？」

「声まで入れると、タイムラグが大きくなる。映像だけになるな」

少しでも長く、琴音の姿を見ていたかった。宇宙に琴音を連れて行きたかった。

荒城は元々、工学経由でこの仕事に就《つ》いた人間である。自分の船を少しくらい改造するのは簡単だった。

「いいよ。むしろ、そうしてほしい。私のことも、宇宙に連れて行ってほしい」

琴音は大きく頷いて、カメラの設置位置を決めた。荒城と琴音が二人でよく過ごしていたカウチの正面だ。

荒城の目論見《もくろみ》は成功した。おかげで、荒城は琴音の姿を見ながら宇宙を旅することが出来ていた。通信状況で数時間から数日のラグが生じるものの、モニターの中にいるのは間違いなく生きた琴音だった。

これから空間圧縮——荒城が進む方向の空間を圧縮し、地球と船との間の空間を引き伸ばす——による長距離ワープを行えば、地球とこの船との時差は広がる。タイムラグも大きくなるだろう。いつか、このカメラは使い物にならなくなる。

だが、たとえ一時の慰めであっても、この映像は荒城のよすがとなったのだった。

「琴音……」

妻の名前を呼びながら、モニターに指を滑らせる。もしかしたら、これが最後に見られる琴音の姿かもしれなかった。琴音はじっと座って本を読んでいた。

部屋に来客があったのは、その時だった。

琴音がフレームアウトをして、手袋をした男と戻って来る。琴音は見るからに嫌そうな様子で、彼と距離を取って話をしていた。何が起きているんだ?と荒城は疑問に思う。男は男で、琴音のことを睨《にら》んでいた。

やがて、琴音が男と言い合いをし始めた。琴音は何度も首を振って、男を拒絶しようとしていた。見慣れたカウチの前で、琴音が不安そうにカメラの方を見た。荒城の胸がざわつく。もし荒城が地球にいたら、こんな男はすぐさま追い払っていただろう。

だが、荒城は遠く離れた宇宙で、妻が不安そうにこちらを見ているのを、黙って受け止めるしかなかった。琴音に一体何が起こっているのだろう。そして何より、この男は誰なのだ？

琴音が更に口を大きく開け——恐らくは声を張り上げると、男が信じられない行動に出た。琴音を殴ったのだ。

琴音の身体はカウチまで吹き飛んだ。荒城の頭に血がカッと上る。この状況でもなお、琴音は男に向かって何かを言い返し、よろよろと立ち上がった。その様は勇ましかったが、荒城は途方もない不安に襲われた。

男は琴音の方を見つめ、懐から何かを取り出す。

銀色に光るナイフだった。

気丈に言い返していた琴音の表情が強張り、琴音は逃げ出そうとする。だが、それよりも早く男が琴音の脇腹にナイフを突き刺した。

心臓が凍り付くような心地がした。

刃渡りが短いものだったからだろう。刺されてもなお、琴音はしばらく抵抗していた。男と琴音が揉《も》み合いになる。だが、琴音の身体からは徐々に力が抜けていき、やがて頽れる。

カウチの前の床に倒れた琴音を数秒見つめてから、男がフレームアウトする。ややあって、倒れた琴音がずるずると床を這い、カウチにもたれ掛かるようにして何かを隠すような仕草をした。

そしてそのまま床に崩れ落ちると、今度は本当に動かなくなった。

　一分ほど経って、琴音を殺した男が戻ってきた。男は琴音の死体を見下ろすと、部屋を荒らし始めた。

　そこでようやく、この男が誰なのかを思い出した。

　琴音の妹の夫だった。

　前に、一度だけ挨拶をしたことがある。親族の飲み会か何かで——琴音の妹に紹介された。彼は明らかにつまらなそうな顔でこちらを見て、早口で名乗ったのだった。

　琴音は妹と仲がよくなく、その時もあまり会話をしていた記憶が無い。妹夫妻はそれからさっさと帰ってしまったので、印象が薄い。

　ただ、琴音が殺されるところを見た瞬間、全てがフラッシュバックした。挨拶をした時の、こちらを見下すような目。嫌な声の響き方。全く笑っていない引き攣《つ》った口元。男はどう見ても、あの時の妹の夫だった。

　だが、記憶の引き出しから肝心の名前だけが出てこない。あいつは妹の夫。妹の夫の名前は、何といったか。

　あ……から始まる名前だったようにも、う……から始まる名前だったようにも、凡庸な名前であったようにも、珍しい名前だったような気もする。あの男を思い出す時に出てくるのは不快な印象だけで、それ以外が何一つ分からないのだ。

　荒城は思わず計器を叩いた。こんな重要なことだというのに、自分はどうしてこうも役に立たないのか。

いくら考えても、あの男に琴音が殺される理由が分からなかった。何かトラブルがあったのか、一方的な想いが募った末なのか、金銭目的なのか。荒城に分かるのは、琴音が妹の夫に殺されたという事実だけだった。

手の甲で涙を拭うと、船体が大きく揺れた。このタイミングでか、と荒城は絶望的な気持ちで思う。琴音が殺された直後、初めての長距離ワープに入るのだ。

これで、地球との距離は更に離れるだろう。タイムラグも大きくなる。画面からは、いつの間にか妹の夫の姿が消えていた。残されたのは、背中をこちらに向け、床に転がる琴音の死体だけだった。琴音の死体はもうカメラを見ることも、ましてや手を振ってくれることもない。

琴音を殺したあの男を捕まえなければ。遥か遠い宇宙にいる自分が、どうにか犯人のことを知らしめなければ。

焦る荒城の気持ちとは裏腹に、ワープの準備は着々と整っていく。荒城は殆どパニックに陥っていた。長距離ワープの前に確認しなければならないことは一体何だった？　いや、そんなことをしている場合じゃない。ワープの前に、地上ステーションにいる人間に琴音を殺した犯人のことを誰かに伝えなければ。

『間もなく長距離ワープに入ります。確認はよろしいですか？』

機械音声が流れる。確認？　確認とは何だっただろうか？

「確認はいい！　地上ステーション本部に繋いでくれ！」

『長距離ワープまで残り三分です。確認はよろしいですか？　現在、プロセス2までしか行われていません』

「確認キャンセルだ！　通信機能を作動させてくれ！」

『処理を中止しています。長距離ワープは高次命令です。二名以上の権限者の承認が下りなければ中止出来ません』

荒城にはもう手立てがなかった。荒城はぼんやりと妻の死体を見つめながら、まともなプロセスを踏むこともなく長距離ワープを迎えた。世界が軋《きし》んでいく音が、脳に響いたような気がした。


体感では数秒のワープが終わり、荒城は覚醒する。

途端に大きな揺れに襲われ、近くにあったバーを掴んで衝撃に耐えた。ガンガンと痛む頭と揺れる船体が共鳴しているようだった。

長距離ワープの後に船体が揺れるという話は無かったし、そんな要素は無い。

状況を把握する為に検査プログラムを作動させると、ワープが終わった直後に運悪くスペースデブリの雨に行き当たってしまったようだった。スペースデブリとは、宇宙を漂っている隕石《いんせき》や宇宙ゴミのことで、それらが宇宙船を損傷することは少なくない。最悪の場合は、こちらもデブリの一部になってしまう。

幸いながら、航行が出来ないほどの損傷を負ったわけではなさそうだった。生命維持などに必要な部分も無事である。プログラムによると船体の損傷率は十％ほどなので、ナノマシンが問題無く修理してくれるだろう。二日もあれば問題無く修理が終わるはずだ。

致命的な損傷が無いことを確認した荒城の脳内は、琴音が殺された場面に引き戻された。

琴音は――琴音はどうなったんだ？

妹の夫は捕まったのだろうか？　琴音はちゃんと弔《とむら》われたのだろうか？　事件は解決したのだろうか？　荒城には何一つ分からなかった。

カメラ――そうだ。カメラだ。あのカメラはまだ家の中を映しているだろうか？　慌てて件《くだん》のカメラに割り当てられているモニターを確認する。永遠にも思えるほどの数分が経ち、通信が復帰した。

モニターの時刻表記は、七年進んでいた。荒城の一回目の長距離ワープは、地球との間に七年の時間差をもたらしていたのだった。

カメラには七年後の荒城の部屋の中が映っていた。

見慣れた部屋だ――とはいえ、色々なところが変わってしまっている。綺麗に整頓されていたはずの部屋には、沢山の段ボールやらガラクタが転がっていた。物置に使われている、と一目で分かった。だが、こうして雑に扱われたからこそ、このカメラが気づかれることはなかったのだろう。来客が不自然に思わないよう、相当丁寧に探さなければ分からないところに、荒城と琴音はカメラを設置したのだ。

物置と化した部屋には、当然ながら琴音の死体は無かった。だが、事件が終わったとは思えなかった。警察がちゃんと犯人を捕まえていたら、この部屋がここまで荒れることはないだろう、と荒城は思った。

部屋で変わっていないのは、中央に置かれたカウチなどの大きな家具だけである。そのカウチにも、見知らぬ人間の服が掛かっていて吐き気がした。琴音と暮らした部屋が浸食されている。何より衝撃だったのは、カウチの前をこの世で一番憎い相手が横切ったことだった。

それはあの、妹の夫だった。

全身の血が沸騰しそうな怒りを覚えた。

男はどう見ても罪を償ったようには見えなかった。ちゃんと裁かれたのであれば、荒城と琴音が暮らした部屋を、物置なんかには出来ないだろう。この男は、何らかの方法で部屋を我が物にしてしまったのだ。

荒城はもう一度計器を叩いた。どうしてだ。こんなのはおかしい。こんなことがあっていいはずがない。琴音をあんな目に遭わせた男が、こうしてのうのうと生きているなんて。

妹の夫は完全犯罪を成し遂げたと考えているかもしれないが、それは思い上がりだった。目撃者ならここにいる。地球から数光年離れた先に。

「このまま……許してたまるか。人殺しめ」

荒城はモニターのことを睨みながら、そう呟いた。

長距離ワープの後には、地上ステーション本部と定期連絡をすることに決まっている。さっきは機会を逃したが、この定期連絡の時であれば、話す時間は充分取れる。

長距離ワープを挟んだお陰で、あの男を七年も野放しにしてしまった。だが、今からでも遅くない。そうしなければ、琴音があまりにも救われない。一体、琴音はどうして殺されなくちゃならなかったんだ？

荒城の目にじわりと涙が滲むのと、モニター横のグリーンランプが灯るのは殆ど同時だった。このランプが灯ったら、通信準備完了の合図である。間もなく、地上ステーション本部――ＸＡ22にいる担当通信官と連絡が取れる。

報告しなければならないことは山ほどあったが、何よりもまず、琴音を殺した犯人のことを話したかった。

ややあって、モニターに金髪で青い目をした見知らぬ男が映し出された。歳の頃は二十代半ばくらいだろうか。比較的若い通信官である。

ネームプレートには『Doni』とある。……ドニ、と読むのだろうか？　荒城は外国語には詳しくないが、外国人の同僚は多くいる。彼らの名前や外見的特徴については知っている。

よって、翻訳機を通さなくても、その名前がフランス語系のものであることは分かった。

荒城はマイクを起動する。話したいことは沢山あった。——無事に長距離ワープは成功したが、スペースデブリにやられた。船体の完全な修復には二日かかる。損傷箇所はどこか分からないが、今のところ航行には問題が無い。次の長距離ワープにもゴーサインが出ている。そして——……自分の妻が殺された。犯人は彼女の妹の夫だが、彼はまだ捕まっていない。

荒城が最初の一言を発するより先に、ドニが口を開いた。

『Ça《サ》 pose《ポーズ》 un《アン》 problème《プロブレム》 ?』

「…………あ？」

『Ça《サ》 pose《ポーズ》 un《アン》 problème《プロブレム》 ?』

聞こえていないと思ったのか、ドニが同じ言葉を繰り返す。そして、自身の着けているヘッドセットを二度指で叩いた。荒城は首を振った。

「聞こえてないわけじゃない。意味が分からないんだ。今のはどういう意味なんだ？」

荒城は日本語で言った。荒城の日本語は翻訳されて、問題無くドニに通じるはずなのだが——

……ドニは不思議そうな顔でこちらを見つめ返していた。そして、ゆっくりと首を傾《かし》げる。

そこで荒城は、とんでもない事実に気がついた。先ほどのデブリの衝突で故障したのは、通信システムの、それも翻訳に関わる部分なのだ。

エンジンや生命維持に関係する部分が損傷するよりはいい。命に関わる故障じゃない――。普段の荒城ならそう思うところだったが、今回ばかりは事情が違った。荒城には今、どうしても伝えなければならないことがあるのだ。

ドニは眉を寄せて、明らかに困った顔をしていた。だが、船のセキュリティモニタリングが済んでいくにつれ、表情が緩んでいく。船体に大きな損傷がないと分かって安心したのだろう。翻訳機だって二日もあれば修復される。

『Pas de gros problème.《パドゥグロプロブレム》』

ドニが言い、こちらを安心させようとするかのように微笑んだ。そのまま、ドニは手元のバーチャルキーボードに指を滑らせ、記録をつけている。報告については問題無い、と判断されたようだった。そのまま、ドニの手が画面外に伸びていく。

あろうことか、ドニが通信を切ろうとしている。荒城は全身を震わせながら、大声で叫んだ。

「ノ――!!!!」

ドニはビクッと身を震わせて、動きを止めた。

「ドニ、ドニ……」

荒城はどうしていいか分からず、ドニの名前を呼んだ。

それに対し、訝しげな顔つきのドニが口の前で手をグーパーと開き、モニターの外を指差す。

その行動の意味するところは荒城にも分かった。恐らく、日本語の話せる人間を外から連れて来ようか？　と提案しているのだろう。翻訳機が壊れてしまった以上、そうするより他にコミュニケーションを取る方法が無い。

平素なら、それで問題が無いだろう。

だが、今は違う。何故なら、次の長距離ワープの時間が二十分後に迫っているからだ。

二十分後、荒城は再び長距離ワープに入る。そして、地球からまた数光年を移動することになるのだ。その場で通信を再開した場合、地球では更に十数年……もし空間圧縮が更に上手くいき、船がもっと先へと進むことが出来れば、数十年の時が経つこととなる。

勿論、通常の航行業務において十数年のブランクは問題にもならない。地球側でのミッションは後任へと引き継がれていくだろうし、やることは荒城への定期連絡と記録だけだ。

だが、荒城琴音殺人事件においては違う。

十数年後――琴音の事件は完全に風化しているだろう。犯人である妹の夫は、まんまと遠くに逃げおおせているかもしれない。その時に犯人の名前を告げることが出来ても遅いのだ。ただでさえ、もう事件から七年が経ってしまっているのに。

数十年後だったら、それこそ目も当てられない。その時には、妹の夫は死んでいるかもしれないのだ。罪を逃れ、琴音を殺した犯人だと逮捕されることもなく、のうのうと天寿を全うする。

そんなことは許せなかった。

荒城は、目の前にいるドニに、犯人の名前を伝えなければならない。必要最小限の情報で、自分が持ちうるものの全てを使って。犯人を告発しなければ。

返答が無いのをイエスと取ったのか、ドニが立ち上がる。それを見て、荒城は慌てて言った。

「ドニ！　行かないでくれ！　そこにいてくれ！」

言葉と合わせて、掌を地面に向けてバタバタと動かす。所謂、犬にやるような『ステイ』の仕草だ。必死さだけは充分に伝わったのか、ドニは驚いた顔のまま、ゆっくりと着席した。

どうやら、言葉よりもジェスチャーの方が伝わりやすいらしい。もしかすると、ジェスチャー伝言ゲームのように、言葉抜きで伝える努力をした方がいいのだろうか？　そう思った荒城は、人差し指と親指で丸を作り、オーケーサインを送った。

「いいぞ、ドニ！　それで大丈夫だ！」

これで着席が合っていると伝えられただろう。そう思った荒城だったが、――ドニの反応は微妙だった。というより、ドニの表情は明らかに不快そうなものに変わっていた。心外だ、というように顔を顰め、再び立ち上がろうかと迷っているようだった。

「どうしてだドニ！　ここにいてくれ！」

『Qus se passe-t-il《クスパステイル》, Tsutomu《ツトム》?』

聞き取れたのは最後の『ツトム』くらいだ。語尾が上がっていたから、きっと質問をされているのだろう。だとすると意味は、何を言っているんだ、務？　あるいは、何がしたいんだ、務？　くらいだろうか。

おかしい。自分はドニにここに居てほしいとちゃんと伝えたはずだ。ステイのサインは問題無く通じた……ということは、オーケーサインの方が駄目だったのだろうか、と荒城は思う。

その時、荒城は琴音との会話を思い出した。フランス語話者の同僚にオーケーサインを送ったら、なんだか微妙な顔をされた、という話をした時のことだ。

——えーとね。フランスではそれはゼロを意味するジェスチャーで、それを向けられると『判断にセンスがないな』とか『お前は無能だな』とか、そういう意味に感じるんだよ。

——そんなつもりはなかったんだが……。

——色々と難しいよね、伝えるのは。

そう言って、琴音は笑った。どうしてこのことを今まで忘れていたのだろう？

荒城は自分の過ちに気づき、慌てて言った。

「違う、そういうつもりじゃなかったんだ！　俺はドニと共に頑張りたいと思っている！　二人三脚でこの難局を乗り越えたいと思っていて——」

この言葉に合わせて、荒城は握った拳を顔の前に掲げてみせた。だが、ドニは更に訝しげな顔を荒城に向けるだけだった。日本では激励の意味として使われているガッツポーズも、ドニにとっては侮辱を意味するものだったのかもしれない。

こうして、ドニと荒城の会話はやや険悪な雰囲気で始まった。荒城は、ジェスチャーが万能ではない、ということを学んだ。言葉に頼らず、何もかもを伝えられる、というわけにはいかないのである。

＊

一方のドニの方は、荒城には何やらここで自分に伝えなければならないことがあるのだ——という事態を把握した。

ドニは、先月ＸＡ22の部署に入った新人の通信官である。入って最初の仕事が、有人長距離航行に挑むミッショナー達の補佐であった。ドニは彼らに敬意を払っていた。日本人の荒城とは顔を合わせたこともなかったが、七年も前に地球を飛び出し、遥か遠い宇宙を飛び続けている彼のことを、しっかりとサポートしたいと考えていた。

だが、よりによってその荒城の宇宙船が、スペースデブリに襲われてしまった。

「Ça《サ》 pose《ポーズ》 un《アン》 problème《プロブレム》？（問題はあるか？）」

ドニはすぐさまそう確認した。だが、荒城の返答はまるで要領を得ない——というより、ドニには分からない言語で話している。そこですぐに、翻訳機が壊れていることに気がついた。

船のモニタリングの結果を見るに、損傷しているのは奇跡的にも通信機能の部分だけだ。航行にも生命維持にも問題が無く、しかも時間さえ掛ければ修復可能な部位である。この定期連絡は船の状態を確かめる為だけのものだ。ドニと荒城がコミュニケーションを取れなくても、概《おおむ》ね問題が無い。

「Pas《パ》 de《ドゥ》 gros《グロ》 problème《プロブレム》.（大した問題じゃないな）」

そうしてドニは、そのまま通信を切ってしまおうとしたのだ。

だが、荒城はそれを鬼気迫る様子で止めた。言葉が通じなくとも、通信を止めてほしくないことは理解出来た。

「Qus《ク》 se《ス》 passe《パス》-t-il《ティル》, Tsutomu《ツトム》?（どうしたんだ、務？）」

伝わらないだろうと思いながらも、そう口にしてしまう。

彼の鬼気迫る表情。彼には何か伝えたいことがあるのだ。

どうせ宇宙船の中と地球で流れている時間は違う。翻訳機が直ってから――そして二十分後に控えた長距離ワープを終えてから、次の通信官に伝えればいいんじゃないか、とドニは思った。翻訳機が壊れたままやり取りをするなんて、いくらなんでも不可能である。

荒城が通信を止めたくないのは、それを伝えるのは十数年後では駄目だからだろう。しかも、自分が日本語の話せる人間を連れて来ようか？というジェスチャーをした時も、荒城は拒否の姿勢を示した。きっと、二十分以内にそんな人間は見つからないと思ったのだろう。この二十分でなければ、駄目なのだ。

ということは、彼はどちらかというと、地球の時間に重きを置いた話を急ぎ伝えたいのだ、というところまでドニは理解した。これは大きなアドバンテージだった。

地球において重要なことなど、家族のことしかないだろう。きっと荒城は残してきた妻についてを聞きたいのだ――ドニはそう、解釈した。差し当たって、ドニは短く尋ねた。

「Ta《タ》 femme《ファーム》？（妻のことか？）」

単語であれば、荒城も理解ができるのではないか……というのがドニの考えだった。これからは、なるべく平易なフランス語を用いて、荒城に伝えるのだ。

『た、ふぁーむ』

言葉を受け取った荒城は、とりあえずそれを復唱した。

そして『ああ、大丈夫だ。ドニ』と恐らくは日本語で言った。

ドニには意味が分からなかったが――その自信に満ちた表情から、荒城が『妻』という単語を覚えたことだけは分かった。流石は優秀なミッショナーだ。

さて、妻のことを話したいのだと理解したドニは、正直悩んだ。

荒城の妻が何者かに殺されたことは、予め伝えられていた。七年も前のことである。殺したのは押し込み強盗であったとされているが、犯人はまだ捕まっていない。

――そもそも荒城は、自分の妻が殺されたことを知らないだろう。

ドニを含め、地上ステーション本部の職員達は、荒城に妻が死んだことをいつ伝えるかを悩んでいた。

そして、先週の会議で「今回の通信では荒城の奥さんが亡くなったことは伝えないようにしよう」と、決めたのだった。

今回の通信は二十分しかない。その中で妻が殺されたことやその犯人が捕まっていないことを伝えるのは難しい。

次の長距離ワープが終わった後は、一週間ほど通常速度での航行が続く。入り組んだ話――受け止めるのに時間が掛かる話は、そこですればいい、というのが本部の判断だった。

そんな時に妻の様子を聞かれて、一体どう答えればいいのだろうか？　元気である、と答えたとして――三十分後には実は殺されていました、と伝えられる荒城のことを考えると、正直気が進まなかった。

悩んだ末、ドニは素直に答えることにした。

「Plus à ce sujet plus tard.《プルスアススジェプルター》（その話は後にしましょう）」

＊

いよいよ、荒城には意味が分からなかった。

先ほどドニは訝しげな表情をした後に『た、ふぁーむ？』と言った。恐らく、荒城のことを心配してくれていたのだろう。だから、大丈夫か？　という意味に違いない。荒城は日本語ではあるが、自分はもう大丈夫だと返答した。

さて、問題の『Plus à ce sujet plus tard.《プルスアススジェプルター》』である。

今度は長めの文章だった。ドニはこちらの様子を窺うようにしているので、荒城は『励まされたのだろう』と考えた。

ということは、ドニはこちらの意思を汲み取ろうとしていることになる。とりあえず、荒城は言った。

「伝えたいのは妻のことだ。妻は殺された。犯人は妹の夫だ」

簡潔だったものの、ドニはきょとんとした顔をしている。伝えたいことはこれだけだが、どう伝えていいのかわからない。

せめて『殺された』という単語だけでも分かればやりようがあるのに……と、荒城は歯噛みした。

『Je comprends très bien ce que vous ressentez.《ジュコンプラントレビアンスクヴールサンテ》』

ややあって、ドニが返事をした。穏やかな表情からして、荒城の言いたいことは全く伝わっていないだろうな、と思った。翻訳機が壊れて不安に思っているかもしれませんが、航行は上手くいくでしょう、とかそういう内容なのかもしれない。

このままだとまずい。話の展開をどう修正していいかわからないからだ。荒城は焦った。まずは妻が——妻が殺されたことを伝えなければ。自分が『妻が死んだ』ということを知っていると、ドニに理解させなければ。だが、伝えようとすればするほど、荒城の口は動かなくなっていった。まずは、妻という単語を知らなければ。妻。言葉の通じない相手から妻という言葉を引き出すには——……そうだ。琴音の名前を繰り返せばいいのでは？　ドニの元には、荒城の個人情報の載ったデータがあるはずだ。そこに、荒城琴音の名前も載っているだろう。

「琴音……」

荒城はドニのことを見ながら、妻の名前を繰り返す。琴音、琴音。ドニが『琴音はあなたの妻ですね？』と言ってくれるまで、あるいは『妻？』と端的に尋ねてくれるまで。

だが、名前を繰り返している内に、荒城の目からはぼたぼたと涙が溢れ出てきた。

思えば、荒城はこれまでまともに涙を流していなかったのだ。最愛の妻が死んだというのに、七年もの間、悼《いた》むことすら出来なかった。圧縮されていた悲しみがじわじわと引き延ばされていき、熱い涙に変わっていく。何かを言わなければならないのに、言葉にならない。これでは、琴音の仇を討つことが出来ないのに。

荒城は涙を拭い、涙目のままドニを見つめた。

ドニは荒城のことを真剣に見つめ返していた。瞳に微かな逡巡《しゅんじゅん》の色が浮かぶ。ドニが意を決したように言った。

『Votre femme a été tuée.《ヴォトゥル　ファム　アエテ　テユエー》』

＊

「Je comprends très bien ce que vous ressentez.《ジュ　コンプラン　トレ　ビアン　ス　ク　ヴー　ルサンテ》（あなたの気持ちはよくわかりますよ）」

そう言った瞬間、荒城は大粒の涙を流し始め、ドニはぎょっとした。荒城のことを安心させるべく、まずは表情で彼の気持ちを和らげようとしただけだというのに。

言葉が通じない相手との会話は、まるで推理ゲームに似ていた。僅《わず》かな材料から、相手の伝えたいことを類推するゲームだ。

今度はドニが推理をする番だった。彼の涙が、ドニの推理材料だ。荒城の涙は大粒で、嗚咽している。彼がどうしてこんなにも悲嘆しているのかが、ドニには魂で感じられた。

だから、ドニは言った。

「Votre femme a été tuée.《ヴォトゥル　ファム　アエテ　テユエー》（あなたの奥さんは殺されました）」

何故かは分からないが、荒城は自分の妻が死んだことを知っていた。これが、彼の奥さんが殺されて初めての通信であるのにも拘らず、である。

ということは、荒城務は何らかの形で妻が殺された事実を知ることが出来たのだ。

つまりは、その手段を荒城は持っている。

もしかすると、夫としての第六感かもしれないが――ドニは配偶者がいないので、その可能性は否定出来ない――どちらにせよ、ここまでして伝えようという意思自体が不自然に感じられる。

何しろ、彼女が殺害されたことは、地球にいる荒城の関係者には知られていて然るべき事実だからだ。荒城の妻が人知れず失踪したのならまだしも、殺されてから七年経っている。死んだこと自体を伝えようとしている……とは考えにくい。

つまり、彼が伝えたいのは殺されたという事実以上のことなのだろう。そう考えた。こうした状況で、人間が明らかにしたいことは一つだ。

「Mais《メ》 vous《ヴ》, vous《ヴ》 savez《サヴェ》 quelque《ケルク》 chose《ショーズ》 à《ア》 propos《プロポ》 du《デュ》 coupable《クーパブル》, non《ノン》 ?（あなたは犯人のことを何か知ってるんですね？）」

――犯人だ。荒城はきっと犯人のことを知っている。

ドニは一つ一つを確実に消去していくことで、荒城の言いたいことを探ろうとしていた。荒城はさっきの問いかけを理解してはいないだろうが、ニュアンスだけは汲み取ったのだろう。一つ頷いて返答をしてきた。

『妻は殺された。犯人は妹の夫だ。カメラに映っているはずなんだ』

欧米圏の言語とはまるで違う文法や単語で構成されている日本語は、ドニにとって異国の旋律のように聞こえる。だが、その中で唯一、聞き覚えのあるものがあった。日本語も英語もフランス語も、響きが殆ど変わらない言葉だ。

「caméra?（カメラ？）」

『カメラ！』

荒城が嬉しそうに復唱した。伝わった、ということに感激したのだろう。

ドニは浮かれた。なんだ、簡単なことじゃないか。どうして荒城が妻が殺されたことを知っていたかの説明も付いた。家にカメラを仕掛けて、荒城はそれで通信を行っていたのだろう。

妻が殺される場面を、カメラ越しに見た。それがどれだけの衝撃と悲しみをもたらしたかは想像も出来なかったが、今はありがたかった。

ドニのやるべきことは一つだ。あの家をもう一度家宅捜索してもらい、荒城の仕掛けたカメラを見つけてもらう。そこにはきっと、犯人の姿と犯行の瞬間が収められていることだろう。警察が事件後すぐにカメラを見つけられていたら話が早かったのに、とドニは舌打ちをしたくなった。

ドニは人差し指を立てて、画面の四方八方をランダムに指差す。そして、『caméra』ともう一度呟いてから頷いた。カメラを探させる、という意味だ。

ついでに、両手首をくっつけるジェスチャーもする。これで犯人は捕まるだろう。これからの事件の顚末《てんまつ》は、地球時間で十数年先にならないと伝えられないが、荒城と妻の無念は晴らせるはずだ。ドニは達成感と満足感に浸った。

だが、荒城は浮かない表情だった。

そして、彼はゆっくりと首を振った。

*

ドニの察しの良さに、荒城は心底感嘆した。

『カメラ』の単語に、犯人逮捕のジェスチャーとくれば、きっとドニは今までのやり取りの大半を理解しているということだろう。荒城の言葉はちゃんと伝わっていたのだ。

ドニは嬉しそうに画面の四方八方を指差し『caméra』と言った。きっと、カメラを探させる、という意味なのだろう。そこに犯人が映っていると思っているのだ。

だが、それでは何も解決していない。

何故なら、あのカメラには記録機能が無いからである。

荒城が宇宙へ旅立った後の数十年――琴音の一生分の映像を記録すれば、膨大な量のデータになる。それらを全て記録する為には、大きなカメラにする必要があった。だが、流石にそんなに大きなカメラをリビングに置いていたら目立つし、居心地が悪いだろう。だから、容量は最小限にして、宇宙とのタイムラグが出来るだけ少なくなることに特化したカメラを用意したのだ。

加えて、荒城が数百年――あるいは数千年後に地球に戻ったとしても、全ての記録を見る時間は残されていないだろう。それまで、あの家やカメラが残っているとも思えない。なので、記録機能は省いたのだ。

だから、カメラを見つけただけでは意味が無い。犯人の名前を教えなければ。

荒城は思いきり顔を顰め、悲しそうに首を振った。すると、ドニの顔も一変する。何かがおかしい、と気がついたようだ。

ここまでの流れを見ている限り、ドニはとても察しが良い男だ。ある程度の材料を与えれば、ドニは推理を組み立ててくれる。

『カメラ』に対して悲しい顔をしたので、ドニはカメラが証拠にならないことまで察するはずだ。

ならば、ここで荒城が示すのは犯人が誰かということと、そいつが犯人である証拠だ。

荒城は考えた末に人差し指と中指の二本を立てた。そして人差し指を摘まみ、荒城は言う。

「ファーム」

ドニの反応を見ながら、今度は中指を摘まみ、首を傾げる。

そして、もう一度人差し指を摘まむ。

「ファーム」

中指を摘まんで首を傾げる。

ドニは答えた。

『Mon《モン》 mari《マリ》.』

＊

「Mon《モン》 mari《マリ》.（夫）」と、ドニは言った。

ドニは荒城のジェスチャーの意味を理解していた。

彼は『femme《ファム》』が『妻』だと理解したのだろう。二本の指の片方が『妻』なら、もう片方は『夫』だ。

ドニは考えを巡らせた。ここで荒城がわざわざ『夫』という単語を聞いてきた意味だ。この時間の限られた中で『夫』という単語を聞いてきたということは、夫が何か重要なのだろう。

あるいは、それが犯人なのか。

ドニは真剣な顔をして尋ねる。

「Le《ル》 coupable《クーパブル》 est-il《エチル》 un《アン》 mari《マリ》？（犯人は夫か?）」

この場合、犯人は荒城務本人を表すことになってしまうので、恐らくは荒城琴音以外、別人の『夫』が犯人だと推察出来る。

『mari《マリ》』という単語を把握してもらったので、そこに真剣な顔をしてドニの問いかけを混ぜ込んだら『犯人』が『夫』であるかと聞いているのか、とは分かるのではないか、と思ったのだ。

荒城が大きく頷き、右手の人差し指を立てた。

そして、左手の人差し指も立てる。

左手の人差し指が、右手の人差し指の下に添えて揺らされた。

ドニはハッとして、モニターに荒城の資料を映し出した。そして、思わずにやりと笑ってしまう。彼を犯人だと示す証拠はないかもしれないが、彼に絞って捜査をすれば、出てくるものもあるかもしれない。

「Le《ル》 mari《マリ》 de《ドウ》 la《ラ》 grande《グランド》 sœur《スール》?（姉の夫だな？）」

荒城に伝わったかは分からない。伝わってくれ、と思う。

荒城が目を大きくする。正解だ。

「Je《ジユ》 vais《ヴエ》 prévenir《プレヴニル》 la《ラ》 police《ポリス》.（警察に通報するよ）」

犯人は、荒城務の姉の夫だ。

＊

ドニが大きく頷いて「Je《ジユ》 vais《ヴエ》 prévenir《プレヴニル》 la《ラ》 police《ポリス》.」と言うのを聞いて、荒城は心底安心した。

最後の『police』というのは、荒城の知っている『ポリス』でいいだろう。となると、警察に言っておく、くらいの意味だろうか。彼の自信ありげな表情を見るに、無事に犯人が妹の夫であることが通じたのだろう。文脈的に、『sœur《スール》』が妹という意味に違いない。

とはいえ、妹の夫を洗い直したところで、それが直接逮捕に繋がるかは分からない。荒城は素早く時間を確認した。長距離ワープまでにはあと十分あった。残りの十分で、次は妹の夫をどう追い詰めるかを伝えなければならない。

荒城は必死に犯行現場のことを思い出す。

あの時、妹の夫はどう動いていただろうか。

「……そうだ、あの時琴音は妙な動きをしていた」

あの時は琴音が殺されたことに気を取られてそこまで頭が回らなかったが、彼女が最後にした行動は不自然だった。琴音はわざわざカウチの中に何かを押し込んで隠して……そこで息絶えたのだ。

あの男が犯人であることを示すものだったんじゃないだろうか？

ドニは荒城の言葉を待っているようだった。これから話すことを頭の中で整理しながら、荒城は口を開く。

＊

『あの家にあるカウチを調べ直してほしい。あの中に琴音は何かを隠したんだ』

荒城が日本語で何かを言った。しかし、今度は『コトネ』以外に聞いたことのある単語が無かった。

『カウチ、カウチ』

荒城が英語で繰り返す。これだけ繰り返すということは『カウチ』は何か物を——それも、あの部屋にあったものを表しているのだろう。

犯人を示すものが、カウチにはあるのだ。あるいは、荒城の姉の夫はカウチに関係しているのかもしれない。

『カウチ』

荒城の言っていることが分からなかったが、ドニは単語をそのまま復唱し、一つ頷いた。

それだけで、荒城は自分がこの事態を了解したと察したようだった。

さっきの『姉の夫』の件と違い、今回は極めてシンプルである。ドニがここで意味が分からなくとも、警察に『カウチ』と伝えれば——そんなことをせずとも、日本語の分かる人間に『カウチ』と伝えれば済む話なのである。『姉の夫』の犯行を示すものは『カウチ』である。再捜査で何かが見つかれば万々歳だ。そうドニは考えた。

しかし、その些細《ささい》な謎を脇に置いて、ドニは堂々と言った。

「Je vais《ジュヴエー》 examiner《エグザミネル》 le カウチ.（カウチを見てみますよ）」

カウチ、という単語が出たことで、荒城はパッと笑顔を見せた。そして、荒城は両手を揉み合わせ、懐に何かを隠す振りをした。

「Preuve《プルーヴ》 cachée《カシエー》.（隠された証拠）」

なるほどな、とドニは思う。カウチ本体に問題があるのであれば、警察は既に見つけていたかもしれない。あのカウチの中に、荒城琴音は何かを隠して、それが証拠になると言っているのだ。そういえば、さっき荒城の個人情報を確認した際に、気になる記述があった。そこには荒城務の姉、荒城美雨《みう》の勤め先が書いてあった。

どうやら、有名な家具輸入会社のようだった。

荒城美雨の夫が何をしているかは分からないが、——妻と同じ場所に勤めている可能性がある。それなら、そもそもカウチなるものに、秘密が隠されているのかもしれない。ドニはいよいよ納得した。

ドニは事件がもう終わったつもりでいた。

＊

「本当にありがとう、ありがとう……。これであの男が捕まれば、琴音も少しは……報われるかもしれない」

対する荒城も、全てが終わったような気がしていた。勿論、カウチから何かが見つかる保証は無い。だが、カメラの存在と荒城の証言を合わせれば、警察も一度は再捜査をしてくれるかもしれない。おまけに、事件全てを洗い直して欲しいと言っているわけじゃない。荒城が言及しているのは、琴音の妹の夫ただ一人である。

全てを伝え終えた後は、天命を待つしかない。そう荒城は考えていた。

感謝の気持ちを伝えるべく、ドニに向かって頭を下げた。頭を下げるのはドニにも問題無く通じ、ドニは優しい微笑みを荒城に向けてきていた。この十五分ほどで、荒城はドニに奇妙な友情を感じていた。

長距離ワープの一分前には、この通信は切れてしまう。徐々に通信にかかるリソースを切っていき、空間圧縮に備える為だ。

それまでの約三分を、ドニと親交を深める為に使おう。と、荒城は考えた。

「実は、俺には姉がいるんだ。妹がスールなら、姉はどう言うんだろうな？」

スールという単語だけは聞き取れたのだろう。ドニが不思議そうな顔をしてから頷く。これだと妹がいると勘違いされそうだな、と荒城は思った。ドニの返答を待たずに、荒城は続けた。

「ドニ、スール？」

ドニに向かって人差し指を向けながら、荒城はそう言った。ドニに妹はいるのか？　と聞いたつもりだ。ドニは大きく頷いた。

『J'ai《ジエ》 une《ユン》 grande《グランド》 sœur《スール》 et《エ》 un《アン》 petite《プチ》 frère《フレール》.』

スールという単語が聞こえたから、きっと妹がいますと答えたのだろう。

「ドニ、スール、何？」

これは、ドニの妹はどんな人間か、を尋ねたつもりだ。何、という言葉を口にした時は、『夫』『妻』の時と同じように首を傾げてもみた。すると、ドニは少し考えた後、ちらりと上の方に視線をやった。そして、空中を殴る振りをしてから言う。

『brutal《ブルータル》』

思わず荒城は笑ってしまった。言葉が分からなくても、妹が乱暴者であることは伝わってきた。ドニもふっと表情を緩めている。

『Il a travaillé ici.《イル ア トラヴァイエ イシ》 N 28』

「ああ、N28……ってことは、妹さんはそこで働いてるってことか？　なるほど、妹さんも同じ仕事だったんだな……」

ドニが頷く。荒城が理解して返答していると分かったのかもしれない。ややあって、ドニは尋ねた。

『Quel genre de personne est votre femme?《ケル ジアンル ドゥ ペルソンヌ エ ヴォトル ファム》』

『femme《ファム》』の意味は学習済みだ。荒城が妹について質問したように、ドニも荒城の妻について尋ねてくれているのだろう、と思った。そうでなければ、ドニがそんなに優しい顔をして尋ねてくれるはずがなかった。

「……優しくて、賢くて、強い人だった」

荒城は一言一言を噛みしめるようにして呟く。

それを聞いて、ドニもまた、頷いた。

ドニは大きく息を吐くと、荒城に向かって親指を立てた。激励のサインだ。荒城も親指を立てて応じる。

あとは、目の前の男に託すしかなかった。

その瞬間、音声通信が途切れる。ドニが手を振っているのが見えた。彼とはもう会えないかもしれない。十数年ならいざ知らず、数十年経てば間違いなく彼は離職している。おまけに、人間はいつ死ぬかも分からないのだ。

そう思うと、琴音と死に別れたのと同じくらい寂しい気持ちになった。

荒城はドニに手を振った。ドニの姿がゆっくりと消える。ここからはテキストしか送れなくなり、数字しか送れなくなり、最後には完全に通信機能が停止する。

最後に何かメッセージでも打とうか悩んだのだが、ドニに伝えたいことが多すぎて――結局止めた。充分に長い文章を打てるほどの時間は無いし、そもそもフランス語の文章は打てない。

並べた数字に意味づけをして、メッセージを送れると聞いたことがあった。というより、昔のインターネットスラングにそういったものがあった、気がする。8を並べて拍手を表すのは、ドニに通じるのだろうか。

そんなことを考えている内に、テキストも数字も送れなくなり、荒城はただ、本部と繋がっていることを示す、グリーンランプを見つめることしか出来なくなった。

荒城はふと、有人長距離航行のミッションに参加していない自分のことを想像した。二年後には、ドニの妹と同じN28に配属されていたはずだ。そうすれば、ドニともドニの妹とも仲良くなっていたかもしれない――。

途端に、フラッシュバックのように荒城の脳内に閃くものがあった。

ドニの妹がN28にいるはずがないのだ。

あそこは、ある程度のキャリアを積んだ職員が行く部署だ。ドニが三十半ばであれば可能性は無くもないが、ドニは明らかに荒城より年下、二十代に見えた。

ドニが三十代半ばであると考えるより、彼が話していたのが姉であったという可能性を考えた方が、まだ現実的に感じられた。

それに、よく思い返してみれば、ドニは『妹』のことを話す時に、視線を上に向けていた。乱暴者であった彼女を思い出す時に、である。

あの冗談めかした口振りからして、『妹』の乱暴は子供時代の話だろう。子供の頃、ドニは『妹』を見上げていたのだろうか……？

もしかすると、スールは『妹』ではなく『姉』を表す単語なのかもしれない。

いや、スールは『妹』でもあり『姉』でもあった、というのも成立する。英語を主に訳していた琴音から、そんな話を聞いた覚えがあった。日本語では『姉』と『妹』は別の漢字だが、英語は両方とも同じ単語で、区別する場合はその単語に修飾語のような単語を付けるのだと……。ドニは、スールの前に何かを付けていなかったか？

心臓が嫌な音を立て始めた。ただ単に、ドニの姉を妹だと荒城が勘違いしただけなら良い。

——この勘違いが、別の場所でも起こっていたとしたら？

冷汗と共に、荒城は正解に辿り着いていた。

ドニは犯人のことを、『妹の夫』ではなく『姉の夫』だと解釈していたのかもしれない。震えながら、荒城はそう考える。

荒城は両手の人差し指を縦に並べることで、妹のことを表したつもりだった。上にした右手の人差し指が琴音で、揺らした左手の指が妹である。『スール』という単語を後からドニが出していたので、弟と勘違いしたことはないだろうと思いながら。

だが、ドニは全く別の解釈をしたのだ。

ドニは揺らされた指の方を、「これが私です」というような意味で荒城だと解釈した。そして、上に配置された人差し指が姉だと思い込んだのだろう。思えば『Le mari de la grande sœur?《ル マリ ドゥ ラ グランド スール》』と尋ねてくる前、ドニは視線を外した。あの時、ドニはデータベースにある荒城の個人情報を確認したのではないか？

データベースの中にあるのは、荒城の情報だけである。勿論、配偶者の存在には触れられているだろうが、琴音の家族構成までは載っていない。データベースで確認出来るのは、荒城の家族構成だけだ。それにもっと早く気づくべきだった。

あと数秒しかない。この驚いた顔だけで、ドニは察してくれるだろうか？　何か予想しないことが起こり、荒城の想定が覆されたことに気がついてくれるだろうか？　衝撃を受けた荒城の顔だけで「姉の夫と妹の夫の取り違え」を悟ってくれるかに賭けるしかない。

本当にそれでいいんだろうか？　ここから先、地球に流れる十数年。隔てられる数百光年を思っても、この数秒を無駄にすることは出来ない。音じゃなく、映像でもなく、それでも琴音の妹の夫が犯人だと伝える方法はあるだろうか？

荒城に使える言葉はもう何一つ無い。日本語すら、もう使うことが出来ないのだ。

そう思った瞬間だった。

荒城の手は、今日一度も使っていない言葉に向かって、彗星のように伸びていった。

＊

ドニはそれを、計器の故障だと思った。何らかのトラブルがあり、通信機能に障害が生じた。だから、荒城は映像が切れる直前に狼狽《ろうばい》した表情を浮かべていたのだろう。

荒城からの通信を示すグリーンランプが一度消え、また点き、また消え、また点き、更に消え、最後にまた点いた。短時間に三回も通信が途切れ、そして復帰したのだ。計器の故障としか思えなかった。

だが、それにしては点滅が等間隔であることが気になった。あれではまるで……意図的に不調を引き起こしているような……もっと言うなら、荒城が自分で電源を入れたり切ったりしていたような気がする。それは何の為だろうか？

荒城はドニに伝える為に、ありとあらゆる手段を用いていた。全てのものが、荒城の言葉だった。それなら、この不調にも荒城の言葉が含まれているのではないだろうか？

ドニはさっきのグリーンランプの点滅のリズムを指で打つ。等間隔に三回。宇宙に関わる仕事をしているからだろう。ドニにとってそれは、星の瞬《またた》きだった。

瞬間、ドニの脳内に閃光が走った。

＊

長距離ワープを終えても、荒城の心臓はどくどくと脈打っていた。頭が割れるように痛いが、身体に深刻な不具合が起きているわけではない。成功したのだ。

今度は宇宙船に損傷が見受けられなかった。だが、相変わらず翻訳機の方は不調のようだ。直るまでにはまだかかる。地球では数十年経っているが、きっと本部は、日本語の通じる人間を荒城の担当通信官に据える方向で調整したことだろう。荒城は、程なくして行われる顔合わせのことを思った。

長距離ワープ明けの痛む頭は、されどぐるぐると気丈に回転を続けていた。思い起こすのは、あの最後の数秒のことである。

言葉が通じること、ジェスチャーが使えること、そのどれもがとても贅沢なことであると、荒城は最後の数秒で身に染みた。あそこで「琴音」と叫ぶことが出来たら、ドニは必ず自分達の間にある勘違いに気がついたはずだ。

だから、代わりに叫んだ。

荒城は最後の瞬間に、一－一－一のリズム——三拍子のリズムで通信を切り、再度入れた。ドニからは、通信中を示すグリーンランプが明滅しているように見えただろう。電源が入ったり消えたりしている様は、機械の故障に見えたかもしれない。

だが、これが意図的なものだと伝わったなら、同じリズムで三点、ということに、ドニはどんな意味を見出してくれただろうか。これが真っ新な状態で見た三回の明滅であれば、きっとドニでも分からなかっただろう。

　だが、もしドニが想像力を働かせてくれたなら――その三拍子が、三角形を示していることに気づいてくれたかもしれない。

　宇宙にある三角形で最も有名なものは、はくちょう座のデネブ、わし座のアルタイル、こと座のベガで構成される夏の大三角形だ。

　幸い、地上にいるドニには時間がある。ドニは夏の大三角形をフランス語と日本語で調べ直すことが出来る。ドニは絶対に荒城の伝えたいことを汲もうとしてくれる。

　ベガが日本語でこと座であることを知ることが出来れば――そこまで辿り着けばドニは――こと座――琴音を連想するはずだ。

　最後の数秒、荒城は音でもジェスチャーでも、琴音の名前を示す言葉を送ることが出来なかった。そんな状況下で、わざわざこうして迂遠《うえん》でも琴音の名前を示したがったことに、ドニは想いを巡らせるに違いない。

　土壇場で妻の名前を送ってきた荒城は、何を伝えようとしていたのか。映像が途切れる瞬間に見せた数秒の逡巡の先に、一体何があったのか。あのドニならきっと推理をしてくれる。

　荒城は祈るしかなかった。もしかしたら、最後のメッセージが無くても、ドニは勘違いに辿り着いたかもしれない。もしくは、勘違いに気づき、ちゃんと犯人が名指し出来ていたにもかかわらず、妹の夫は逮捕されなかったかもしれない。

　外は果てしなく続く暗黒の宇宙だった。それを見ながら、荒城はドニと過ごした二十分間を思った。コミュニケーションとは、この暗黒の中に言葉を投げ込むことに似ていて、通じることの方が奇跡のように感じてしまう。

荒城には、あれからどうなったかも知ることが出来ない。早く通信が復活してくれれば、と思う気持ちと、答え合わせをしたくない気持ちが入り混じる。

徐々に宇宙船がスタンバイモードに入り、どのくらい地球と離れた地点なのかを教えてくれる。ここは地球から六百二十一光年。既に、荒城が地球を出発してから七十四年が経っていた。ドニとコンタクトを取ってからも六十七年が経っている。きっと地球の様子も様変わりしているだろう。

犯人である妹の夫も、きっと死んでいる。

本部との通信機能が回復するより先に、近くのモニターが起動した。……驚いたことに、家にあったカメラの通信機能は生きているようだった。

しかし、画像はとてつもなく粗い。何が映っているのかもわからない。タイムラグも相当あるようだ。この調子だと、一ヶ月ほど遅れて映像が届いているんじゃないだろうか。これからどんどん、カメラと宇宙船との距離が開いていく。

あのカウチで、のんびりと過ごしていた琴音の姿を思い出した。

荒城の体感時間では、まだ一日も経っていない。その間に、荒城は彼女との永遠の別れを二度も体験したのだ。彼女の一生を目まぐるしく消費し、荒城は狂おしいほど自らの心を引き裂いた。

それでも、遥か彼方からぼんやりと映るモニターを見ていると、心が安らぐのを感じた。そうして更に数分待っていると、画像がはっきりとした形を取り始めた。

そこは、二人で暮らしたあの家ではなかった。映っているのは、荒城の知らない場所だった。屋外で、白い画面は日差しを反射していたらしい。画面の真ん中を、何かが占拠している。どうやら墓のようだった。荒城の知らない花が墓前に供えられている。墓石に刻まれている文字すら読めないくらいだったが、荒城はそれが琴音の墓であることを直感した。

ドニが、ここにカメラを移動させてくれたのだろうか。

カメラがどんな状態になっているのかも分からないが、これをやってくれたのは、絶対にドニだと思った。そうとしか考えられなかった。

これを見た瞬間、荒城はドニがちゃんと真相に辿り着き、事件が終わったことも悟った。そうでなければ、ドニは絶対にこんなことをしないだろう。無事に終わったことを告げる為に、ドニはカメラをここに移動させたのだ。

妹の夫は――上原龍彦《うえはらたつひこ》は、きっと然るべき裁きを受けたに違いない。

あんなに必死で思い出そうとしていたその名前は、今になってふっと頭に戻ってきた。上原龍彦。なんでその名前を忘れてしまっていたのだろう。その名前さえ忘れなければ、事態はもっとシンプルに済んだかもしれないのに。だが、悔やむ気持ちももう無かった。

ややあって、本部からの通信を知らせるグリーンランプが灯った。まもなく、長距離ワープ後の通信が始まる。数十年ぶり、二度目の通信だ。

そうしてモニターに映し出された新任の担当通信官は、白髪の老人だった。痩せぎすで今にも折れてしまいそうだが、瞳に宿った怜悧《れいり》な光が、真昼の空でも消えない星を思わせる。

まさか、と荒城は思う。あれから六十七年が経過している。退任していてもおかしくない。それに、こちらの翻訳機の不調が伝わっているとしたら、担当はきっと日本語の通じる人間であるはずだ。

だから、目の前に映っている老人がドニであることはあり得ない。

何故だか涙が出そうになった。この短時間に、荒城はどれだけ泣けばいいのだろう。だが、地球の彼にとっては、荒城の涙は、約七十年ぶりである。懐かしさを、覚えてくれるだろうか。

老人は何も喋らない。荒城のことをじっと見つめている。言葉が出てこないわけじゃないだろう。地球と宇宙船の間には数百光年の距離があり、通信には相当なタイムラグがある。

従って、荒城の推理が当たっているかどうかを確かめるには、そこから更に十分以上かかった。

老人が、ようやく口を開いた。彼の顔にはしてやったりと言わんばかりの笑みが浮かんでいる。

『荒城さん。妹の夫は――』

ドニの口から出てきたのは、何十年もかけて取得したかのような、流暢な日本語だった。

雌雄七色

水島潤吾《みずしまじゅんご》　様

そちらはお変わりないでしょうか。

あなたを父親と呼ぶ気にはまだなれないのですが、訳あってご連絡させて頂きます。

本当は簡単に電話で済ませたかったのですが、どうにも避けられているようでしたのでメールで失礼致します。アドレスの方は事務所を通して聞きました。高校生という身分と、息子という肩書きがあれば、天下の売れっ子脚本家様のプライベートアドレスも入手出来るのですね。あなたの息子であってよかった唯一のことかもしれません。

それにしても、あなたには息子への情はまるで無いのですね。

日を分けて十回も連絡したというのに、一度も電話に出なかったあなたの態度には尊敬さえ覚えます。ここまで一貫していると、晴れ晴れした気持ちになりますね。

当てこすったところで、あなたにはまるで響かないという確信がありますので、本題に入ります。

やっと母――香取一花《かとりいちか》の部屋の遺品を整理することが出来ました。

一年掛かりました。僕にとっては長すぎるようで短い一年でした。母が死んだという事実を日常の一個一個、家具の一つ一つに重ね掛けていくような生活をしていました。僕は決してよく出来た息子ではなく、恐らく母も――よく出来た母親ではありませんでしたが、それでも、僕らはいい親子としてやっていけていたのではないかと思っています。

さて、遺品の話です。家族を捨てて逃げるように去って行ったあなたにとっては、あの家にあるものなど単に忌まわしいだけかもしれません。ですが、これはどうしてもあなたに受け取って頂かなければならないものです。

母の使っていた机の抽斗から出てきた、あなたへの手紙です。

メールで手紙の話をするのは、なんだか妙な感じがしますね。このSNS全盛期にわざわざ手書きの手紙を綴《つづ》る人間なんて珍しいでしょうから。母も手紙を書くタイプの人間ではなかったように思います。これが殆ど初めての手紙と言っていいのではないでしょうか。

抽斗に入っていたのは、赤、橙《だいだい》、黄、緑、青、藍《あい》、紫の七色の封筒です。封筒には封がされていませんでしたが、中にはちゃんとそれぞれ手紙が入っているようです。封筒の表には一つ一つ丁寧に、あなたの名前が記載されていました。

この七色の封筒のことを――これがどんな意味合いを持っているかをご存じでしょうか？

これは、虹の手紙というそうです。

虹になぞらえて一セットにされた七色の封筒を、先に書いた色の順に使って想い人に手紙を書くと、気持ちが通ずるという触れ込みで売られていたものです。尤《もっと》も、恋愛成就的な使い途ばかりではなく、七通に分けて書くことで、本願成就を願うという使い途もあるそうです。

どちらにせよ、虹に願いを掛けるというコンセプトのものであると理解して頂ければ。母がこんな子供じみた、おまじないのようなことを信じていただなんて考えられませんが、聞けば、とある神社が参拝者を増やす為に作っているものだそうです。それを思うと、全く根拠の無いおまじないだと僕は思ってます。

……結局、母の願いが叶《かな》ったとは言えません。あの人はあなたに裏切られ、失意のままにこの世を去ることになったのですから。あなたは母の葬儀に顔を出してくれませんでしたね。あの時は、本気であなたのことを殺してやろうかと思いました。今でも、あなたのことを赦《ゆる》せずにいます。

ですが、僕は敢えてあなたに連絡を取りました。

僕が未だ思うところのあるあなたに手紙を出そうと思ったのは、この紫色の封筒に書かれた母の思いに胸を打たれたからです。

……母が一体この虹の手紙に何を願っていたのかが知りたくて、僕はこの最後の一通——紫の封筒だけ読みました。きっとそこには、自分のことを酷く傷つけたあなたに対する憎しみが綴られているのだろうと思っていました。

けれど、違ったんです。そこにあったのは——……。

いえ、これは僕から言うべきじゃないでしょう。あなたが実際に読んで確かめてください。

最後になりますが、どうか、母の手紙を読んでください。

そして、母があなたに何を求めていたかを、あなたが雌犬と呼んで蔑《さげす》んだ人間がどれだけ純粋にあなたを求めていたかを知ってください。あなたに嵌《は》められたと知ってもなお、母は最後にはあなたを赦《ゆる》そうとしていたのだと思います。あなたはその人間の気持ちを踏み躙り、自分の創作の為に利用したんですよ。

あのドラマは、結局一度も観ませんでした。観られませんでした、と言った方が正しいかもしれません。

あれが大ヒットドラマになってしまうのが、僕には信じられませんでした。けれど、大半の人にとってあれはただのお話ですもんね。

母はあなたに殺されたんだと思っています。

表向きには事故死ということになっていますが、遅かれ早かれ彼女は自分で死を選んでいたのではないかと思います。

七通の手紙の内、最後の紫封筒以外は中を検めていません。何が書いてあるかは知らないです。

それでも、あなたにはこの七通の手紙を読み終える義務があるのではないかと思っています。

あなたの健康は祈りません。早く死んで、あの世で母に謝ってほしいと思っています。

それでは。

香取潤一《じゅんいち》

■紫の手紙

……この手紙を書くに至ってもまだ、私は悩んでいます。

あれだけあなたを殺したいと思っていたのに、こうして思い詰めると、躊躇いを覚えるのはどうしてなんでしょう。不思議なくらい、あなたが好きです。

潤吾、どれだけあなたに酷いことをされたとしても、私に価値を見出してくれたのはあなたが最初でした。私の半生はあなたと共にありました。

私が本当に求めているのは、あなたを殺すことじゃなくて、もう一度あの時のように自分を愛してもらうことでした。このことを認めるのがどれだけ苦しく寂しいことか、あなたには分からないんじゃないかと思います。

あなたがいつか来てくれるんじゃないかと、部屋は結局、今でもあのままにしてあります。一つでも物を動かせば、もう取り返しがつかないような気がして。

この手紙を書き終えた時に、もし私に勇気があったら――……七つの封筒を全てあなたに出そうと思っています。あなたはきっと読まないかもしれない。いや、もう一度何かに使えるかもしれないと思って、目を通すだけはしてくれるかもしれない。

それで、私が今でも情けないくらいあなたに執着しているのを見たら、考え直してくれるのかもしれない。

きっと、こんなことを考えていると知ったら、潤一には怒られてしまうでしょう。それでも、私にはこのくらいしか出来ることがない。

こうして向き合ってみると、私の頭に浮かぶのは楽しかった思い出ばかりです。

あんなことをされたというのに、自分の未練がましさに笑えてしまうほどですが、感情とはままならないものだと思いました。

あなたは今もまだ、私には会いたくないのでしょうか。会うことは出来なくても、せめてもう一度言葉を交わすことは出来ないのでしょうか。

もしこの虹の手紙が本当に願いを叶えてくれるなら、どうかお願いします。

水島潤吾にもう一度会わせてください。

■赤の手紙

やっぱり殺すしかない、何があっても。結局、その結論に至って、今この手紙を書いています。七通の手紙を書き終えた後、私の中に何が残るのかは分かりませんが、きっとこの鮮烈な殺意だけなのだろうと思います。

これ以上、私とあなたが生きていたら、多分私が大切にしていた思い出も全部、駄目になってしまうだろうから。それであなたまで死なせてしまうことになるのだから、あなたからしたら迷惑な話だと思うかもしれませんね。今の私は香取一花で、水島一花ではない。水島潤吾とはただの他人なのだから。

でも、赦してほしい。この手紙を最後まで書き終えた後は、私もあなたのことを全部赦して、死ぬつもりです。

もし私が生きていたら、きっと殺意が鈍《にぶ》ってしまいますから。私は真夜中に目覚めて自分のやったことに衝撃を受け、どうにかしてあなたの命を救おうとして、泣きながら赦しを乞《こ》うてしまうでしょうから。

そんな私のことをあなたは赦すはずがないし、赦してくれたところで、あなたがもう一度私のことを好きになってくれることはないでしょう。

私が死ぬことで、潤一に掛ける迷惑も最小限で済むはずです。万が一、私があなたを殺して捕まることがあったら、きっと潤一の人生にも暗い影を落としてしまう。

潤一を、人から後ろ指を指されるような人殺しの息子にはしたくありません。罪は消えずにそこにありますが、せめて何も知らない人達にそれを裁かれることのないように。

潤一、本当にごめんね。私はあなたのことを一人にしてしまう。これも全部、私が弱いからです。潤一のことを嫌いになったわけでも、どうでもよくなったわけでもないのに、私の殺意は潤一のことを想う気持ちを押し潰してしまうほどに膨れ上がってしまった。

潤一も気づいているのかもしれません。私という母親の中にある自分の存在が、水島潤吾への憎しみの陰に隠れてしまっていることに。そう思うと、申し訳ない気持ちでいっぱいです。

でも、もう耐えきれません。

この間、あなたの部屋を片付けようとした時に、ふとそこに置かれていたテレビを点《つ》けました。そうしたら『虹の残骸』の再放送がやっていました。比較的最近のドラマであるというのに、こうして何度も再放送されるあたり、みんなこの陳腐でドロドロとした〝実話〟が、大好きなのだなと思い知らされました。流石は、水島潤吾の最高傑作だと言われるだけのことはあります。

そして私は、うっかり深花《みか》のことを見てしまいました。

画面の中の深花は、私が見ても分かるくらい、私にそっくりでした。意志が弱くて他人への依存心が強く、ジュンの足を引っ張るだけの役に立たない女。散々場を引っかき回した深花が最終的に他の男に向かう様は、とても生々しく描かれていました。私でさえ、これが実際に起こったことなのではないかと錯覚してしまうほどでした。

そうして深花を失ったジュンが、世志乃《よしの》に出会うところまで観ました。失意に沈んだジュンを優しく包み込む世志乃を見た時、私はもう全てが信じられなくなりました。

殺そう、と思いました。全十二話のドラマに閉じ込められた物語に介入するには、もうジュンを――水島潤吾を殺すしかありませんでした。

だから、私はこんな手紙を書いています。死ぬ瞬間、あなたはどうして今になって、と思うかもしれませんね。恨まれている自覚はあっただろうけれど、それがどういうタイミングで殺意に昇華されたのかは分からないはず。

でも、種を明かしてしまえばこういうことなのでした。テレビ局の番組編成が、あなたを死に追いやったのです。再放送なんてしないで、古い洋画でも流しておけばよかったのにね。

計画が上手くいくように、私は虹に願いを掛けています。恐らく、今回ばかりは叶うでしょう。こういう願掛けをやり通すのが初めてだから、きっと最初で最後の一回くらい叶えてくれるはずです。

私は水島潤吾を殺す。

どんなことがあっても、絶対に。

■橙の手紙

手元に手繰り寄せられた殺意の手触りは、思いのほか温かく、手に馴染《なじ》みました。あなたに裏切られてからずっと、私はこうしたかったのだと思います。

手紙の送り先であるあなたに言うのも妙な話ですが、殺す方法は決めてあります。というより、もう実行に移しました。

先日、私があなたに電話をした時のことを覚えていますか？　事務所にかけた、あの電話です。私は電話番号を変えていなかったから、きっとあなたは出ないだろうと思っていました。表示された番号には私の名前が——『妻』のままなのか『香取一花』に変えたのか分かりませんが——あったはずですから。

けれど、私の予想はあっさりと裏切られ、あなたは電話に出ました。思えば、脚本家とはチャンスを逃してはいけない仕事だから、という理由で、あなたはどんな相手でもすぐに電話に出ていましたね。きっと、ナンバーディスプレイなんて必要ないのでしょう。

ワンコールすら待たせず「はい、水島です」という、あっけらかんとした声に拍子抜けしたのを覚えています。私にとっては、まるで崖から飛び降りるような覚悟だったというのに。

私が恐る恐る「香取です」と名乗ると、あなたは呻《うめ》き声とも溜息ともつかない声で応じました。けれど、切りはしませんでした。私達の間を隔てているものは、あなたが別れ際に言った「もう連絡してくるな」という言葉だけであり、私がそれを律儀に守っていたことが、分断を生んでいたのだと理解しました。

今になっても、あなたの言ったことを守る従順な私——。そんな自分にも、私は心底うんざりしました。

私はなんとかしてあなたの事務所に行きたいと言いましたね。かつては私が切り盛りをしていて、今は馬淵吉乃《まぶちよしの》が取り仕切っているあの事務所です。

私が言うのもなんですが、馬淵吉乃が仕事をするようになってから、事務所は傍目《はため》から見ても荒れ始めました。それでも、あなたの中では、私よりも馬淵吉乃の方が事務員として相応しいと考えていたんですよね。

私は家に残された過去の脚本について話をしました。いずれ必要になるものだろうし、本来は事務所の書庫にしまっておかなければならないものだから、脚本は全てそちらに持って行きたい、と。

どうして今更、とあなたは当然の質問をしましたね。けれど、私が大掃除をしたからと言うとすっかり納得してくれました。こんなに上手くいくだなんて思いもしませんでした。咄嗟《とっさ》に考えた他愛も無い嘘なのに。

きっと、あなたの中にも後ろめたさがあったのでしょう。私に新生活を始める兆しがあるなら（大掃除とはそういうことなのだと）、それを邪魔したくないという気持ちがあったに違いありません。

私が脚本を持って行き、書庫にしまうと言った時にも、あなたは疑いませんでした。もし郵送することになったら、重い紙の束を書庫に収めるのは、馬淵吉乃の仕事になってしまいます。そんな苦労を彼女にはかけたくないだろうなと思いました。かといって、自分でしまうようなことも、今のあなたはしないでしょう。

私は家に残されていた脚本の束を持ち、あなたの事務所に向かいました。あなたは当然のように外出していた上に、馬淵吉乃の姿すらありませんでした。さながら、悪魔のような前妻からするりと二人で逃げてしまったかのようです。代わりに私は留守番をしていたマネージャーに挨拶をして、書庫に向かいました。

書庫は可動式の本棚でいっぱいになっています。これだけの物語を紡《つむ》いできたのだから、もう少し誰かの心に優しくあってほしい、と願わずにはいられませんでした。

私は持って来た脚本を棚に収めると、一番奥の棚の前に移動しました。

この書棚は高さが二メートル以上あり、備え付けられた三段の踏み台で上るようになっています。書棚の一番上の棚には、ダイヤル式の金庫が置かれていました。この中には、あなたが持っている別荘の鍵が入っています。あなたは毎年、冬になるとスキーに行く為に、この金庫を開けますよね。

私はこの踏み台に細工をしました。ネジを緩めて、上ると一番上の三段目が抜けるようにしたのです。即《すなわ》ち、あなたが金庫を開けようと踏み台に足を乗せた瞬間、転落するように仕込んでおきました。

こんなに回りくどい方法を取るのは、私が直接手を下した実感を得たくないからかもしれません。

あるいは、心のどこかであなたに助かってほしいという気持ちが、まだあるのかもしれません。私にも、自分の本当の気持ちが分からない。だから神に委ねようとしたのかも。単に怪我をするだけになるかもしれませんが、当たり所が悪ければ死ぬ。あなたがバランスを崩した時にどこにも摑むところがないよう、書棚の棚板の間隔も調整しておきました。

何となく予感がします。私の企《たくら》みはきっと成功するし、あなたはこれで死ぬだろう。私は何食わぬ顔で書庫を出て、二度と戻ることのない事務所を振り返りました。

マネージャーは、私が来たことをあなたに伝えたはずですが、あなたからの折り返しの連絡はありませんでした。

私はあなたのことを殺す為の仕掛けをしに行ったというのに、あなたからの言葉が無いことを悲しく思いました。そうして、あなたのことを殺したら、もう二度とあなたからの言葉がくることはないのだとも思いました。

こんなことをしてはいけない。いますぐやめなければいけない。

それなのに、身体が言うことを聞かないのです。

■黄の手紙

こんなことをしてはいけない、と思っているのにどうして止められないんでしょうか。自分の中で殺意が膨れ上がっていくのを感じます。私の中で、あなたが死ぬところがありありと目に浮かぶようになりました。それさえちゃんと完遂されれば、私はもう何もいらないと思うようになってきています。

ここから先は、私も思い出すのが苦しい話です。

馬淵吉乃。そして、『虹《ひ》の残骸』の話ですから。

あなたが馬淵吉乃に惹かれていることは、傍から見ても分かりました。証拠はありませんでしたが、言い逃れることは出来ないくらいでした。そもそも、あなたは隠そうともしていなかったように思います。証拠を摑んだところで、私があなたから離れられるはずがないと思っていたんでしょう。正解です。

興信所か何かを使えば、証拠を押さえることも簡単だったのかもしれません。ですが、私はそれをしなかった。証拠を押さえてしまえば、私はあなたと別れるしかなくなるから。あなたは私に適切な金を渡して、大手を振って馬淵吉乃と一緒になるんでしょうから。

だから、そうしてはあげませんでした。どれだけ惨《みじ》めな思いをしても、あなたから離れてやらないつもりでした。

心が離れてしまっても、妻の立場であなたを縛れるならそれで構いませんでした。最後の最後になって、こんな結婚生活に何の意味があるのか、と言ったのはあなたです。でも、形だけでも持っていたかった。それだけが、私に残ったものだったから。

あなたもあなたで、世間体が気になっていたのだろうと思います。恋愛ドラマの帝王とも呼ばれる名高い脚本家が、妻と息子を捨てて新しい女に走るだなんて、あまりにも外聞が悪すぎる。〝春夏秋冬シリーズ〟以降は目立った仕事もしていないあなただからこそ、余計にその懸念はあったはずです。

けれどあなたは、その二つの問題を同時に解決する方法を編み出しました。

それが書き下ろしの新作『虹の残骸』でした。

その内容が発表された瞬間、状況が一変しました。

あらすじは、シンプルなものでした。意志が弱いくせに虚栄心が強く、精神的に不安定で他人に依存し、浮気を繰り返す妻の深花と、彼女に翻弄《ほんろう》される脚本家のジュン。疲弊して抜け殻のようになったジュンは、ある日出会った世志乃という女性に惹かれるようになり、彼女との恋愛を通して再生していく、というものです。

あらすじを知った時の私の感情は、理解出来るでしょう。あなたはその為にあんなものを書いたのだから。

浮気を繰り返す深花は私、脚本家のジュンは潤吾、そしてジュンを救った世志乃は馬淵吉乃でした。実在の人物を当て書きして脚本を書いたと、あなたは発表したのです。

分かっていることでしょうが、私は浮気などしていませんでした。あなたにこれだけ執着している私が、どうして他の相手を見つけられるでしょう。

けれど、『虹の残骸』が発表された後は、どうなったでしょうか。眠れなくなった私が深夜に徘徊《はいかい》していたことも、事務所を辞めた私があなたから離れたことも、全部事実です。でもそこに、この脚本のような浮気の事実は全く無かった。

でも、私の言葉は誰一人信じてくれませんでした。脚本家の水島潤吾が、身を切るような思いをして曝《さら》け出した脚本の前で、私の言葉がどれだけの価値を持ったでしょう。

勝手にモデルにされたことに対して訴えを起こすことも出来ましたが、それをすれば余計に、内容の信憑性が増す結果になってしまいます。

私はあなたの前で泣き喚き、どうしてこんなことをするのかと子供のように訴えかけました。けれどあなたは、まるでドラマの中のジュンであるかのように、被害者ぶった顔で「仕方ない」と言うだけでした。

あなたは円満離婚を求めてきましたね。もしそれに応じてくれたら、生活費を保証する上に、潤一の親権も渡すと交渉をしてきました。それでも、私は泣いて離婚だけは嫌だ、馬淵吉乃のところには行かないでと縋りました。

その時の、あなたの冷たい視線は忘れられません。

与えることが出来るのなら、奪うことも出来るのだと、私は改めて気づきました。私には既に選択肢がありませんでした。

『虹の残骸』は放送されるなり、大きな話題になりました。しばらく新作を発表していなかった水島潤吾の復帰作という意味でも特別な作品でしたし、きっとあなたの筆も乗っていたのでしょう。そして何より、これが実話だとしたら面白くて仕方が無い。

私は話題になっているそのドラマを観ることが出来ませんでした。週刊誌の記者や水島潤吾のファンを名乗る人間からは頻りに感想を求められたけれど、私は何も答えたくなかった。観てしまったら、あれは違うと弁明してしまいそうで、観られませんでした。

潤一にもお願いだから観ないでほしいと懇願しました。あの騒動の時、私を信じてくれたのは潤一だけだったのではないかと思います。潤一はどうしていいか分からないのか、ずっと私の背を撫でさすってくれました。

ですが、あれだけ流行《はや》ると聞きたくもないことが耳に入ってしまうものなんですね。

『虹の残骸』では、ジュンが世志乃に対して虹の雌雄を教えるシーンがあるのだと聞きました。ドラマのロケ地になった新宿御苑《しんじゆくぎよえん》で──よりにもよってあの場所で、ドラマを観た恋人達が同じように虹を探しに来るのだと聞いた時に、私の心は折れました。

裁判を起こす気力もありませんでした。結局、私は興信所に頼んですらいません。水島潤吾と馬淵吉乃に対抗する術を、私は何一つ持っていなかった。

でも、私は別にあなたに対抗したいわけじゃありませんでした。私は馬淵吉乃のところではなく、他ならぬ私のところに戻って来てほしいだけでした。それは、裁判ではどうにもならないことでした。

結婚式に来てくれた何人が、この結末を予想していたでしょうか。もしかしたら、哀れみの目で私を見ていた数人の中には、この未来すら見通していた人もいたのかもしれません。

私もちゃんと覚悟をしていたはずなのに、結局どうすることも出来ませんでした。

私は生活費と親権と、あとは今住んでいるマンションと引き換えに、香取一花に戻りました。

『虹の残骸』は大ヒットを記録し、水島潤吾の代表作になりました。あなたは元から自分の身の回りにあったことを題材にして脚本を書く人間でしたから、本領発揮というわけです。

離婚が成立し、あなたがマンションを出て行く時に最後に言った言葉は「もう連絡してくるな」でした。まるで、自分が今まで私に苦しめられていたとでも言わんばかりの言葉です。もしかすると、あなたの中では、もうそういうことになっていたのかもしれませんね。あの時、私の前にいたのは水島潤吾ではなく、ジュンだったのです。でも、私が深花だったことは一度たりともなかった。

あなたが出て行ってから、私は何一つやる気が起きず、毎日ぼうっと過ごしていました。

滾るような憎しみはあるのに、それを上回る喪失感と悲しみで動けませんでした。殺したい、という気持ちはこの時からあったのに、それは心の奥の、手の届かないところに置かれている、見果てぬ夢でした。

どうしてこんなことになったんでしょう。記憶を辿ってみても、自分がどこでどうしたら良かったのか、私にはよく分からないんです。あなたの心変わりをどうしたら止められたのか、どう引き留めたら、どう謝ったらあなたは赦してくれたのだろう、と、考えてもどうしようもないことが頭を埋め尽くしました。

もはや潤一ですら、私を救えませんでした。私はあなたのことだけを考え続けていました。心変わりを止める方法があったのではないかと、何度も何度も考え続けました。

すると、手の届かないところにあった殺意が、自分の手元にゆっくりと近づいてくるのを感じました。水島潤吾が死んだら、私は救われるのかもしれない。そう思いました。

■緑の手紙

この手紙ももう四通目です。段々と、こうして心の内を曝け出すのにも慣れてきました。

あなたの心変わりについて、兆候があったと言われればそうなのかもしれません。

結婚式が終わって潤一が産まれた頃から、あなたの態度がなんだか変わったように思います。これで一段落がついた、というような感じでした。相変わらずあなたは私に優しくはありましたが、それはあなたが一定のラインを引いて決めた、生活費のような愛情でした。

一緒に散歩をしたり会話をしたり、映画を観に行くことは無くなりました。潤一がいるから仕方が無い、というのがあなたの口癖ではありましたが、私にはそれよりももっと深い理由があったように思えてなりません。

潤一が小学校に上がるまでの数年で、あなたは春夏秋冬シリーズを書き上げました。仕事に没頭する様は眩《まぶ》しかったのですが、私は何だか不安も覚えました。あなたは、忙しくする理由を探しているように思えたからです。

事実、忙しさを理由に帰って来ないあなたを心配しながらも、私には何も出来ませんでした。育児との兼ね合いもありましたから、事務所には週に二、三日しか顔を出しませんでした。

以前のようにあなたのスケジュール管理をしたり、資料の手配をすることは無くなり、私に任されるのは掃除などの雑用になりました。それだって必要な仕事であるとは理解していたのですが、あなたは敢えて私を重要度の高い仕事から外しているような気がしました。

私は子育てに追われ、この違和感をそのままにしてしまいました。もしかすると私も、あなたと向き合わなくてもいい理由を探していたのかもしれません。

春夏秋冬シリーズは恋愛ドラマとしては他に無いヒット作となりました。水島潤吾の名前は、もう忘れ去られることはないでしょう。

これであなたも少しはゆっくり出来るのではないかと期待したのですが、この頃のあなたは著名な脚本家として人前に出るようになっていた為、むしろ執筆だけをこなしていた時よりもずっと時間の余裕が無くなっていました。

それでも私はあなたと繋がっていたくて、再放送されていた『灰の一族』を録画しては、潤一と一緒に観たりもしました。潤一には内容が大人すぎてつまらなかっただろうと思うのですが、「お父さんが書いたものなんだよ」と言うと、なんだかんだ言って一緒に観てくれました。

それは小学校高学年であろうとも『灰の一族』が面白かったからかもしれませんし、再放送を観る私が泣いていたからかもしれません。

いつだったか、私が『灰の一族』を観て泣いているところに、あなたがやって来たことがありましたね。丁度、麻衣《まい》と静流《しずる》の別れのシーンだったので泣いていても不自然ではないのですが、私はあなたに「おかえりなさい」と言って、笑顔でテレビを指差しました。けれど、再放送していたのと言う私の声が、何故か震えていたような気がしています。

あなたは冷たい目で私を睨むと「再放送なんかしないで、古い洋画でも流しておいた方がよっぽどマシだ」と言いました。

今になって分かったことですが、あなたは春夏秋冬シリーズを書き上げた後、スランプに陥っていたんですね。ヒット作を書き上げてしまったが故のプレッシャーで、潰れそうになっていたんだって。

そのことを教えてくれたのは、馬淵吉乃でした。

あなたが一番大切にしていて、私の代わりに全てを任せるようになったあの女です。

最初は、地方から出て来たばかりで行くところが無いから、という理由で事務所に来るようになった住み込みの事務員でしたね。他に仕事が見つかったら、すぐに出て行くと誓約書まで書かされていました。

その潔癖なまでの建前が、一番危険だと本能的に思いました。そうまでしないと、馬淵吉乃はもっと早くに私達の生活を奪い去っていたでしょう。

馬淵吉乃が私とよく似た顔立ちをしていたことと、女優志望と言って水島潤吾に近づいたことも、不安を増長させました。だってそれは、近すぎる。

潤一が中学生になる頃、馬淵吉乃は正式な事務員として雇われるまでになっていました。女優になる夢は、一体どこにいったのでしょうか。けれど、それを私が言えるはずもありませんでした。だって、馬淵吉乃と私はよく似ていた。

馬淵吉乃が正式な事務員として入ったので、私は家庭を守ることに専念させられるようになりました。週二、三日はあった事務員の仕事すら無くなり、私は事務所を去ることになりました。

これで主婦として潤一の面倒を見ることに集中出来るな、とあなたは珍しく機嫌良く言いました。私は最後まで、週に一日でもいいから事務員の仕事を続けさせてほしいと頼んだのですが、あなたはすげなく断りましたね。

私が物わかりのいい振りをして喜んでみせたのは、あれ以上あなたに嫌われたくなかったからでした。嬉しいだろう？　と言われる度に、私はその裏に「嬉しくないなら、」の仮定を見ていました。

私は、あなたの家族でいたかった。

不安で眠れなくなり、睡眠が不規則になりました。潤一を置いて、夜に出歩くようになったのもこの頃です。少しでも身体を疲れさせれば眠れるかもしれない、と当てもなく歩き回り、気づけばあなたの事務所に足が向いていました。

事務所は夜中であるにもかかわらず電気が煌々《こうこう》と点いていました。執筆が捗《はかど》っているのだろう、と自分に言い聞かせるように唱えます。けれど、私はその中で行われていることを知っているような気がしました。

私は無理に疲れさせた身体を引きずりながら家に帰り、潤一の朝食を作り、彼を送り出しました。

潤一が中学校に行くのを見届けた後、私にようやく眠気が訪れました。こうして無理をしなければ、眠れないような状況になっていました。

開け放したままのカーテンの向こうから、青空に掛かる虹が見えました。

雌虹があるかは見えませんでした。見慣れた鮮やかな雄虹だけが堂々と浮かんでいます。たとえ雌虹が見えていたとしても、それが私であるとは思えませんでした。

眠りに落ちる寸前、私は潤一のことだけを考えていました。

私の心の支えになっていたのは潤一だけでした。彼だけが、私と潤吾を繋いでくれるたった一つのもの、残った虹の一掛かりだと思っていました。

■青の手紙

潤一がお腹にいると聞いた時、あなたはすぐに結婚を選択してくれました。本当は、私は何も言わずにあなたの元を去ろうとしていました。まさか、あなたがそんな道を選択してくれるとは思わなかったからです。

私はまだ二十一歳になったばかりでしたが、あなたについて行くことには何の不安もありませんでした。むしろ、こうして自分の願いが叶っていくこと自体が、不安ですらありました。この封筒は青、お誂《あつら》え向きのマリッジブルーですね。

私の方は結婚式に呼ぶ人間が両親しかいなかったので、招待客は大半があなた側でした。テレビで見た女優さん達や、有名な映画監督が参列してくれ、私はあなたの交友関係の広さに驚きました。

そのうちの一人に、潤吾がこんな感じの普通の嫁さんもらうなんてな、と驚いた調子で言われた時は、嫌な気持ちになるよりはむしろ「私もそう思う」と頷いてしまうような有様でした。

この頃は確か、後に春夏秋冬シリーズとして有名になる最初の『春のさみだれ』が発表されていたと思います。今でこそシリーズは、スピンオフも含めて多岐にわたっていますが、この頃はまだ単発モノで終わらせる予定でしたよね。

こういうものは長く続けても仕方ないから、と笑っていたあなたのことを思い出します。やはり、予定って当てにならないものですね。

予定といえば、結婚式で私は色んな人から同じことを言われました。

「潤吾にはあんまり依存し過ぎちゃ駄目だ」という言葉です。判で押したように繰り返されるその言葉に、私は黙って頷くしかありませんでした。

この頃の私はまだ知らなかったのですが、水島潤吾はその当時から、誠実さとはかけ離れた人でした。有り体に言ってしまえば、私の他にも何人もの女と関係を持っていました。結婚に際して彼女達とは縁を切ったという話だけれど、そのまま信じられるかは怪しいということでした。

潤吾の好みは、物をあまり知らなそうな、自分の言うことをすっかり信じるような女なのだと囁かれました。その時私が思い出したのは、先述の虹の話などでした。確かに私はラフマニノフすらよく知りませんでした、と言うと、年嵩の映画監督は困ったように、それでも満足げに笑っていました。

のこのこと罠に掛かりに行った兎を見て、さもありなんというような顔でした。私はもう妊婦用のウエディングドレスを着ている身でしたから、急に身体の輪郭に沿って逃げ出すことも叶いませんでした。一般的なものよりもゆったりと作られたそのドレスが、急に身体の輪郭に沿って誂えられた牢獄のように思えてしまいました。

それでも、その牢獄には水島潤吾が面会に来てくれるのです。それ以上に望むものはありませんでした。

私に向けられる視線でより気になったのは、男性の参列者からのものではなく、華やかなパーティードレスに身を包んだ女性達の視線でした。敵意の籠もった冷たさには、鈍い私ですら気がつきました。

さっきの話に出ていた、あなたと過去に関係を持っていた女達でしょう。彼女達は美しかったけれど、どことなく私によく似ていて、野暮ったかった。水島潤吾の好みでした。

私は「これから自分の夫になる人は、ここまで多くの女性から心を寄せられているのだ」ということが不思議で、他人事《ひとごと》のように眺めていました。誰もが水島潤吾とこうして寄り添いたくて、私は運良くその座をさらってしまったのだと思いました。

私は彼女達であってもおかしくなかったし、彼女達が私であってもおかしくなかった。そう思うと怖くなりました。

私はお腹に手を当てて、生まれてくる子のことを思うことで心を鎮めました。大丈夫、だって私にはこの子がいるのだから。潤吾はこれからも私の一番であってくれるはず。

式場に、演出のための虹が架かりました。あの時見た虹のように雄虹と雌虹が寄り添っていて、私とあなたみたいだ、と思いました。

参列者の応対をしていたあなたも、虹が出現したその瞬間だけは私の所に来てくれました。そして、笑みを浮かべたのです。

私は、本気で時間が止まればいいいと思っていましたが、数えて十五秒も経つ頃には虹はすっかり消えてしまいました。

■藍の手紙

こうして手紙を書いていると、幸せだったことばかり思い出されます。結婚式だって、不安だったけれど幸せでした。

そして何より、出会いのことは今でも幸せな記憶として脳裏に焼き付いています。

あなたが初めて声を掛けてくれた時、私は自分に何も無いと思っていました。女優になりたいという理由で上京して来る女なんて掃いて捨てるほどいるのに、そのことを理解するにも、一年以上掛かってしまった。

あなたと出会ったのは、私の心が粗方《あらかた》折れてしまった後のことでした。

女優としての仕事はまともになく、研修生として所属している芸能事務所に払うお金を稼ぐのに必死だった私は、昼にやっている飲食店のバイトの他に、夜はクラブでホステスの仕事をしていました。

お酒はあまり好きではなかったけれど、笑顔を作るのは得意でしたし、鬱々《うつうつ》とした日々を送っていたので、誰かと話をするのは精神の安定にも繋がりました。

私があなたと出会ったのは、怖いくらいに上手くいった偶然でした。

当時、店のスタッフが「水島潤吾が来ている」と教えてくれ、私をわざわざあなたにつけてくれたのです。

水島潤吾の名前は私も知っていました。当時のあなたは『灰の一族』をヒットさせたばかりで、あらゆるところで話題になっていましたから。もう誰も疑うべくもない売れっ子脚本家です。水島作品に出たキャストは売れる、と評判になるほどでした。

スタッフは私が女優志望であることを知っていましたから、多分、私にチャンスをあげるつもりだったのでしょう。ここで水島潤吾に気に入られれば、端役《はやく》でもドラマに出してもらえるかもしれない。今思うと、単純すぎておかしくなるような作戦です。

でも、私はありがたくその計画に乗りました。明るい未来を期待する、というよりは、どちらかというともうこれしか方法が無いのだと思い詰めていたような気がします。摑む藁の当てすらないから、選択肢なんか無かったわけです。

けれど、あなたに会った瞬間から、そんな打算は消えてしまいました。

あなたは隣に座った私に優しく接してくれました。売れっ子の脚本家だというから、きっと気難しいか傲慢かのどちらかだと思っていたのですが、あの頃のあなたはどちらでもなかった。私が女優志望であると聞くと、じっと私のことを見て「うん。君は向いてると思う。目が綺麗だから」と言ってくれました。

こんな口説き文句に落ちた私は、多分凄く単純なんだと思います。でもあの時、私にそれをくれたのはあなただけだった。

私は女優としての口利きをしてもらうことも、自分を売り込むことも、ホステスの仕事すら忘れてあなたに話をしました。そして気づけば、私の携帯電話にはあなたの電話番号とメールアドレスが入っていました。

それでも、こんなものは社交辞令だと思っていたのに、あなたはその後も私に連絡をくれました。内容は他愛の無いものです。脚本の〆切がどうだとか、私の日々の様子を尋ねるものだとか。私もそれに倣《なら》って、他愛の無いメールを送りました。ここでガツガツと役やコネを求めていなかった辺り、私はもう夢を追うのに疲れていたのかもしれません。それを上手に察していたのか、あなたもそんなことは一言も送ってこなかった。

次第に私は、あなたに惹かれるようになりました。

忙しいあなたが時間を割いて言葉をくれる理由に、愛情の欠片《かけら》を当てはめたくなりました。知っていたか分かりませんが、夜になるとメールが返ってくるかどうかを祈るような気持ちで待っていました。

あなたが返信をくれない夜の長さと、短くても返信をくれた朝の眩しさを甘やかに思い出します。仕方ないなと言わんばかりに送ってくれるのが嬉しくて、何度も読み返したのを覚えています。

そうして、女優を目指すのではなく、自分の事務所で働かないかとあなたが言ってくれた時、私は自分の人生がパッと開けたような気がしたのでした。

あなたに好きになってもらわなくても構わない。ただ、あなたの人生の傍にいたい。私はそう思うようになりました。

あなたが、身の回りのことからインスピレーションを受けて脚本を書く人間だと知ってからは、出来るだけあなたの助けになるよう、色々なことを調べたり求められるままに話したりしました。

あなたの為だと言いながら、私は心のどこかで、あなたの物語の主役になりたかったのだろうと思います。平凡でささやかな私の人生も、水島潤吾の手にかかればきっと素晴らしい物語になるんじゃないかと夢を見たのです。もし仮に、あなたと離れることになっても、その物語さえあれば、私は生きていける。

ただ傍にあるだけで構わないと思っていたのに、あなたは私にどんどん心を許してくれるようになりました。初めて二人きりになった事務所で、あなたが一緒に雨が上がるのを待ってくれたこと。私はあの時、自分の鞄に潜ませたままの折りたたみ傘が見つかってしまわないかが怖かった。

あなたが車に私を乗せてくれるようになって、助手席の位置がすっかり私好みになる頃には、私の全てはあなたになっていました。

今でも思い出すのは、あなたに教えてもらったことばかりです。あなたは私に、花の名前や作曲家・ラフマニノフの転調の仕方を教えてくれました。生きるのにおよそ必要の無いことは、大体があなたから教えてもらったことです。

虹には雌雄があると、教えてくれたのもあなたでした。

覚えていますか？　事務所に忘れ物を届けに行った帰り、珍しく散歩をしたいと言って、私を新宿御苑に連れて行ってくれた日のことを。私は新宿御苑に行くのが初めてだったから、都会にこんなに大きな森があるだなんて知りませんでした。

湿った空気の中、その独特の重たさにそぐわない青空の下で、私達は二つ重なった虹を見ました。こんな風にかかる虹もあるんですね、と私が言ったら、あなたはあれは虹の夫婦なのだと教えてくれたのです。

赤から始まり、橙、黄、緑、青、藍、紫とはっきり見える大きいのが雄の虹。

紫から始まり、藍、青、緑、黄、橙、赤と傍らに寄り添う小さな虹が雌の虹。

あなたは寄り添う二つの虹を見ながら、まるで前から決まっていたかのように、自分達のようだと言いました。あの大きな虹が自分で、私はその片割れであるのだと。

私はすごく嬉しくて、そうでありたいと言いました。私はずっと、これからもそうでありたい。自分は目立たない、潤吾の傍に寄り添う雌の虹でいい。鏡合わせの位置に立つその虹を見ながら、私は強くそう思いました。

本当は、虹を見つけた時から自分達のようだと言われるんじゃないかと思っていて、怖かった。あなたの脚本の癖はもう知っていたし、キザなくらいベタなやり方をするのがあなたなのだと思っていたから。

私はあの日、虹なんか見たくなかった。そんな風に綺麗に喩《たと》えられるのは、出来すぎていて嫌だった。虹なんかどうせすぐに消えるのに、そこに自分達を重ねても仕方がないと思った。

でも、未だに一番覚えていることはこの話でもありました。虹の手紙の存在を知った時もそうです。これは、私とあなたを繋ぐ最後のよすがなのかもしれないと思いました。憎しみしかなくなってしまった今の私を宥《なだ》め、もう一度やり直させてくれる最後の頼みの綱なのではないかと。

この手紙は私の虹です。あなたが片割れと呼んでくれた、あの小さな雌の虹。私の手紙が紫色から始まり、この藍の手紙が二通目となるのは、それが理由。潤吾、あなたはもう覚えていないかもしれない。でも、忘れてしまうのなら、いっそあんなことを言わないでほしかった。ただの陳腐な、飾り気の無い恋愛でよかった。ハイライトになるようなことは、一つも味わいたくなかった。

どうしてでしょう。気持ちを抑える為に始めたことなのに、なんだか自分の中で心が育っていくような気がするんです。いいことだけ思い出そうとしているのに。昔の思い出が綺麗であればあるほど、赦せないと思ってしまうんです。

私はこんなに幸せだったのに。あなたさえいれば何も要らなかったのに。

どうか、最後となる赤色の手紙に辿り着くまでに私の殺意が消えてくれますように。

お願い。

私はあなたを殺したくない。

ワイズガイによろしく

ニューヨークのギャングスタ、シャックス・ジカルロはトマトグレービーに使うニンニクをシチリアからニューヨークまでわざわざ空輸している。それも、昨日穫れたものが朝一で運ばれてくるように手配している。シャックスがトマトグレービーを作る頻度は週に四日だから、飛行機は四度もニンニクだけを載せて海を渡るわけだ。

シャックス・ジカルロのパイロットは家族を人質に取られてニンニクを運ばされてんだ、と言うのは部下のゲイルが流したジョークだが、それを耳にしたシャックスは朝を待たずにゲイルを海に沈めた。情報漏洩《ろうえい》の罪だ。

シャックスは、最高のトマトグレービーの為に何人かの人生を狂わせた。そんなことが出来るのは、シャックスがギャングスタだからだ。

シャックスはシチリアにルーツを持つ男である。シチリアで最も貴ばれる赤は、血ではなくトマトソースの赤である。従って、シャックスはこの世の何よりもトマトグレービーを愛していた。シャックスにとってそれは、シチリアの歴史そのものに接続する大いなる血に他ならなかったからだ。

それ故に、シャックスはトマトグレービーに自らの命を懸けるのである。こうしてたった一人でトマトグレービーを煮詰めている時、シャックスはシチリアそのものと対話している。トマトがよく煮えている。肉汁と溶け合っていく。この時間が、一番好きだ。

シャックスは鼻歌を歌いながら、キッチンに置いてあるジュークボックスを起動する。ボタンを押すとエルヴィス・プレスリーの〝It's Now or Never〟が流れ始めた。

ジュークボックス・ビジネスは今やギャングの収入源として一際《ひときわ》強い輝きを放っている。実際のところ、ここらのバーに置かれているジュークボックスは、全てギャングの息の掛かったものだ。

ミュージック一つ取ったってギャングのコントロール下にある、その事実はシャックスを心地よくさせる。シャックスは、ロックスターにもましてギャングスタに憧れた少年だった。そんなシャックスが、彼らの歌声を手中に収めているのである。愉快でないはずがない。

一九六八年の昼下がりの過ごし方としては、最高のものである。シャックスは深く満足していた。愛用のジュークボックスから、こんな声が聞こえてくるまでは。

『あー、あー、聞こえるだろうか。シャックス・ジカルロ』

シャックスはすぐさま声のする方向から飛び退き、銃を抜いた。

「誰だ」

短くそう尋ねた。トマトグレービーの煮え具合が気になり、心底苛立《いらだ》ちが募る。その焦りが伝わったのか、相手はすぐに答えた。

『君の味方だ。掛け値のない味方。信じられないかもしれないけれど、信用してほしい』

男の声がジュークボックスから聞こえている。オーケイ、危険は無い。厄介ではある。

「通信機を仕込みやがったか。そのジュークボックスはどこから仕入れたんだったかね。気に入ってたんだが、そんなことが出来てしまうのであれば工場ごと処分することになりそうだ」

『仮にそうだったとして、君に不利益はない。僕は君を救う為に話しかけている。その工場には褒美《ほうび》をやらなきゃいけないくらいだ』

「そうだな、ママの首でもくれてやる」

『頼むよシャックス。君の為なんだ』

「ならまず、飯の邪魔をするな」

『ああ、トマトグレービーの調理中だったのか。君の人生の大事な局面には、必ずトマトグレービーが煮えている』

シャックスは、訳を知ったような声でそう話す男のことが気に食わなかった。だが、彼の言うことはその通りだった。


十年前、シャックス・ジカルロの人生最悪の瞬間にも、トマトグレービーが煮えていた。

シャックスの父親はギャングにもなれないチンピラだったのだが、その父親は救いようのない薬物中毒者で、手癖が悪く、あろうことかギャングの息の掛かった店から金を奪い、そのまま逃走してしまった。逃走には、敵対していたギャングが手を貸したこともあり、父親は見つからなかった。

そこで、報復は彼の妻と、こさえたガキどもに行われた。ある昼下がり、昼食用のトマトグレービーを煮込み、インゲン豆入りのポテトサラダを作っていた母親がまずショットガンに倒れた。

次に撃たれたのは一番上の姉だ。姉は二階の窓から逃げようとしたところを撃たれ、そのまま転がり落ちてしまった。次は弟だ。弟は命乞いをしたが、マグナムで額を貫かれた。一番下の弟は赤ん坊だったが、情けはかけられなかった。

助かったのは、床下の食料庫に隠れているシャックスだけだった。シャックスは大量のトマトに埋もれる形で、虐殺の音を聞いていた。トマトがパンパンに保管されていた食料庫に隠れる時、自分の身体を押しこむスペースをつくるためにシャックスはそこにあったトマトを吐くほど食べなければならなかった。口の中に、まだ瑞々しいトマトの味が残っていた。

百まで数えて這い出たシャックスは、焦げたトマトグレービーの臭いを嗅いだ。血よりもずっと濃く、鼻につく臭いだ。

「お前はスペリオ一家《ファミリー》の人間か？」

シャックスは自分が所属する一家の名を出して尋ねた。

『いいや、僕はギャングじゃない。ギャングだったら、もっと簡単なコンタクト方法を選んでいたよ。それでも、君の命を救いたいと思っている。嘘じゃない』

「誇り高きスペリオ一家《The Proud Ones》でもないのに、俺を助けようと思う理由があるか？」

『勿論ある。僕は君のことが本当に好きなんだ』

——好き？　その言葉にシャックスは混乱した。この男は、一体何者なのか？

果たして、声の主は言った。

『君の命を助けようとしている者だよ、友人』

その言葉を鼻で笑う。自分には友人も恋人もいない。信用していないからだ。

父親は愚かでおぞましく、薄情な裏切り者だった。

ギャングの金に手を付ければどうなるか――ましてや、一人だけ逃げおおせればどうなるか、父親は分かっていたはずである。けれど、外道野郎にとって、家族の命などそこらの犬畜生より軽い。家族は、生贄《いけにえ》になったのだった。

あの一件以来、シャックスは血縁というものを信じていない。情も信じない。

シャックスにとっての家族とは、自らが選んだギャングスタ、スペリオ一家だけである。自ら選び取った血の掟だけである。そんなシャックスに、こともあろうに『友人』とは。ふざけるにもほどがある。

『僕がスペリオ一家じゃないことは、調べればすぐに分かってしまう。だから、ここで嘘は吐かない。匿名の情報提供者だと思ってくれ』

ジュークボックスの声が弱々しくなっていく。どうにも辛気《しんき》くさい野郎だった。これでは確かに、スペリオ一家でやっていけるはずがない。

スペリオ一家に入ることになったのは、その皆殺しがきっかけだった。元よりギャングに憧れていたシャックスは、食料庫から這い出てすぐにドルチ・スペリオに会いに行った。ここらの賭場を取り仕切っている、筋金入りのギャングスタだ。

本来ならば、シャックスのような子供が会える相手ではない。けれど、情報通のドルチはシャックスがどんな目に遭ったのかを既に知っていた。その事件のお陰で、シャックスは家族として迎え入れられた。

「ギャングは義に厚いと聞いた。俺は、親父のような裏切り者が嫌いだ。俺はスペリオ一家に忠誠を誓う。俺を裏切り者にしないでくれ」

「私は自分の一家に入る人間は本物の息子と扱う。歓迎するぞ、シャズ。スペリオ一家の掟は血の掟。裏切れば命はないが、裏切らない限り、お前は俺の家族だ」

ドルチ・スペリオは、六フィート三インチ（一九〇センチメートル）を超える巨体に強面《こわもて》を張り付けているにも拘らず、とても柔和で紳士的な男だった。シャックスはその笑みと渾名《あだな》、そして何より血の掟という言葉に惹かれた。それはシャックスにとって人生を預けるに値するものだ。

そういうわけでシャックスにとっての『友人』は、がめつくない娼婦ほど信用の置けない存在だった。

『もう時間が無いんだ。君は明日、エドワーズ倉庫に強盗に行くだろう。計画を変更するんだ。東から行くんじゃなく西から回って行くんだ』

「意味の分からねえことをぬかすな」

言いながら、シャックスは密かに驚愕していた。

——何故こいつは今度のエドワーズ倉庫の襲撃のことを知っているのか？　それは、スペリオ一家の者——それも、ドルチ・スペリオと周辺の幹部、および計画に参加する者しか知らないはずである。

あるいは、計画書が流出したのだろうか。シャックスは、組織犯罪を行う際に必ず計画書を作る。誰をどこに配置し、何時にどこにいるか。そういったことを、シャックスはそこらのレストランのシフト表より綿密に決めて書類にする。

アウトローな印象に反して、ギャングはそうして書面に残すのが好きなのだ。几帳面《きちょうめん》でない人間は、本物のギャングスタになれないからである。その中でも、シャックスは少し病的な程だった。

　シャックスがあれこれ考えている内に、ジュークボックスの男が続けた。

『アドバイスが出来るのはこれだけだ。僕のアドバイスに従うことは、間違いなく君の命を救う』

「嘘じゃないんだな」

『嘘じゃない』

　ジュークボックスはしばし沈黙した。ややあって、シャックスは言う。

「オーケイ、分かったよワイズガイ。お前を信じる」

『ワイズガイ？』

「俺は仲間をそう呼ぶんだ。賢い男《ワイズガイ》」

　シャックスがそう言うと、ワイズガイは嬉しそうに笑った。まるで屈託の無い、子供のような笑い声だった。

『本当に信じてくれたのか？』

「ああ。俺はお前を信じる。仮にこれで裏切られても、俺は構わない」

『本当に？　本当なのか？』

「ギャングが信じるっていうのはそういうことだ」

　口ではそう言ったものの、シャックスは他人のことなんてそう信用しない男である。彼がワイズガイを信用したのは、単に確信があったからだ。

シャックスには人の嘘を見抜くことが出来る力があった。

どうして、と問われたら、神はきっとこう答えるだろう。何故なら、シャックス・ジカルロは生まれながらのギャングスタであり、ギャングの世界では嘘を見抜けない人間は死ぬからである。

『よかった。これで、シャックス・ジカルロは生き残る』

その言葉を発するなり、ジュークボックスは再び〝It's Now or Never〟を流し始めた。


翌日、シャックスはエドワーズ倉庫へ向かった。街一帯の物流の中心地である。

運輸倉庫襲撃は、銀行強盗よりもずっと楽で稼げる仕事だ。金庫の中の品物よりも、プライベートジェットで空輸されてくる物の方がよっぽど価値がある。おまけに銀行ほど警備が厚くなく、敷地は広い。そこで働く人間も入れ替わりやすいので、息の掛かった者を送り込むのにも向いている。

トラックを運転し倉庫に入る際に、シャックスはワイズガイの助言通り西から入った。直前で計画を変えるのは初めてのことだった。これが案外骨の折れる作業だった。積荷を奪って載せる場所、人質を置く場所、逃走経路など、全てを西側に変えなければいけなかったからだ。お陰で、シャックスは徹夜するハメになり、途中で何度も、やはり東側から行こうかと迷った。

それでも、シャックスはワイズガイに従った。

五年前――一九六三年にあった出来事を思い出したからだ。

まだ駆け出しの頃のことだ。シャックスはとある賭場の仕切りを任されていた。と、言えば聞こえはいいが、実際は雇われ店長のようなもので、ギャングスタの仕事には程遠いものだった。この時期、仕入れ伝票に『マメ三、ビール五』と走り書くことはギャングスタの仕事じゃない。シャックスはトマトジュースめいた血尿を出していた。

ともあれ、ギャングスタとして名を上げるには、こうした下積みも大切なのであった。血尿を出そうが、この仕事はシャックスにあり得ないほどの大金をもたらしていた。

その金のお陰で、シャックスは父親を探し出し、自らの手で始末することが出来たほどだ。

そんなわけで、シャックスは賭場の状況に納得していた。極限状況ですら、納得ずくのものだった。

『六番テーブルには近づくな。代わりに二番テーブルのマッキンリーに、入ったばかりのインゲン豆とポテトのサラダを持っていくんだ』

最初は幻聴かと思ったのだが、その声は鼓膜にこびりつくような代物だった。

シャックスは辺りを見回したが、人が多く誰がそんなことを言ったのかは分からなかった。ジュークボックスがジョン・レノンの歌声を垂れ流している。件の六番テーブルでは、ショットという名の男が女と部下をはべらせてブラックジャックを楽しんでいた。何の変哲も無い光景だ。対するマッキンリー・ヘイムズの二番テーブルは、地獄の様相を呈している。全く以て近寄りたくない。マッキンリーはここらで有名な金貸しで、ギャングではないにも拘らず誰よりも裏社会に通じている男だった。常連ではあるのだが、全くありがたくない。

それでもなお、シャックスは謎の声によるアドバイスを受け容れた。他愛の無いことだ。従ったところで害は無いからだった。ショットに頼まれた新しいトランプを近くのウエイターに渡し、六番テーブルに向かわせる。あとはインゲン豆とポテトのサラダだが、これは生憎と用意が無かった。賭場で軽食は出していたものの、そんな家庭料理染みた――シャックスが家でよく作るようなものは置いていない。そこが少し、薄気味が悪かった。

ともあれ、代わりにマッキンリーへはフルーツの盛り合わせを持っていくことにした。

「どうした。お前が直々にサーブするなんて珍しいじゃねえか」

シャックスを見るなり、マッキンリーが金歯を見せつけるようにして笑った。

マッキンリーのテーブルは汚かった。グラスの中に煙草が捨てられ、料理はテーブルに食わせたような有様で、ところどころに血が散っていた。きっと既に帰らされた客のものだろう。水色の袋に入ったコカインが、積み重ねられている。

シャックスは、このマッキンリーという男がこれっぽちも好きになれなかった。軽薄で他人に対する尊敬が無く、酔うと見境無く人を殴った。スペリオ一家ではクスリが御法度なので、コカインを扱っている点も気に食わない。

「いつも来てくださっているお礼です」

「どうだか。お前は俺のことが嫌いだろ、グッドマン」

「いいえ。とんでもない。私がお得意様のことを嫌うなどと?」

シャックスは「張り付けた笑顔」の見本になれそうな顔で言う。

「俺ぁギャングじゃないからな。お前が嘘を吐いてようと気にならねえ」

「また、ご冗談を」

「そうだ、次来る時はタバスコを用意しておけよ。特製のやつだ。マックのタバスコを用意しとかねえ気の利かない男は、お前くらいのもんだよ」

注文書に『マックのタバスコ』と記入したシャックスは、マッキンリーの喉笛を裂いてやりたくて仕方がなかった。

その瞬間、銃声が響いた。客達が悲鳴を上げる。

騒ぎの中心にあるのは六番テーブルだった。さっきまで和やかだったはずのテーブルで、ショットが銃を抜いている。近くに部下と女、おまけにウエイターの死体が転がっていた。

「あいつ、今日は虫の居所が悪かったみたいだな」

「まさか」

「コカインは神の門と同じく誰にでも開かれている」

マッキンリーがそう言って、手を叩いて笑った。シャックスはすぐさま銃を抜き出すと、ショットを的確に撃ち殺した。

「大変失礼致しました。ご歓談をお続けください」

シャックスはにっこりと笑うと、すぐさま掃除屋を呼ぶ。このくらいの死体と血飛沫なら、相当な金が掛かるだろう。きっとドルチにも伝わり、眉を顰められるはずだ。シャックスは心底嫌な気分になった。

と、同時に、自らの悪運に感謝もした。死んだウエイターは、何が起こったのか分からないといった顔で硬直している。まるで、そこらで死んでいるバッタみたいな格好だ。あれが自分であった可能性もあるのだ。あの時、ショットに新しいトランプを持って行こうとしたのはシャックスだ。

シャックスはギャングの世界にある不幸中の幸いを嚙みしめたのだった――と、そういう話なのであるが、今思い返せば、シャックスを助けたのは神ではない。あの声だ。

あれはワイズガイの声だった。

五年前の賭場に、ワイズガイがいたのだ。ショットがマッキンリーからコカインを買っていることをワイズガイは知っていて、危険な状態だと分かっていたのだ。コカインで前後不覚になっていれば、些細なことで引き金を引いてもおかしくない。

一体、ワイズガイはどこにいたんだ？　あの日、賭場は賑《にぎ》わっていた。一体誰がワイズガイだったのか見当も付かない。シャックスの賭場に出入りする人間なのだからそれなりに金を持っていて、裏社会にも嚙んでいる人間には違いないのだが。

――だとしたら、俺が商売絡みで助けた人間が、俺を救おうとしてるのか？

そんなことを考えながら、シャックスは手早くエドワーズ倉庫での強盗を完了した。スムーズな強盗は殆ど引っ越しのようなものだ。どこかに運ばれて行くはずだった荷物を、スペリオ一家の取引先に送るだけ。時間は三十分も掛からなかった。

身内ではない警備員を縛り付けたり救援要請を止めたりと、普通は面倒なことが多いのだが、今回は良い具合に運が味方した。なんと、東側の出入口で大規模なコンテナの転倒事故が起きたのである。

一九六八年の今日は、人が死にそうな程の暑さだった。流れる血すら沸騰しそうな気温に、シャックスですらグロッキーになっていたほどである。その暑さにやられ、一人の職員が機器の操作を誤ったらしかった。倉庫としては踏んだり蹴ったりの事案だが、シャックスにとってはこの上ない幸運だった。

と、同時に、恐ろしい話でもあった。

もしワイズガイの忠告を聞かずに東から入って行ったら、シャックスはコンテナに潰されて、お陀仏《だぶつ》だったかもしれない。流石にゾッとする。ワイズガイの言っていた『命を助ける』という話は本当だったのだ。そもそも、西側に計画の軸を移していなかったら、強盗どころじゃなかっただろう。

賭場での出来事もワイズガイだとすると、彼に二回も助けられたことになる。それは一体どういうことだろう?

そうしている内に、パトカーのサイレンが聞こえてきた。シャックスは積荷を強奪したトラックを見送った後、職員の車を奪って逃走する予定だった。

だが、そうはならなかった。手近に停めてあった車の一台に乗り込んだはいいものの、車は三〇フィート(一〇〇メートル)を越えた辺りで突然うんともすんとも動かなくなってしまった。お陰でシャックスはほとぼりが冷めるまで、近くのB39倉庫に隠れる羽目になった。奇妙な巡り合わせであることに、そこはシャックス本人が借りている倉庫だった。

この倉庫に何があるのかを忘れてしまっていたが、中にあったのはマッキンリーが言ったマックのタバスコだった。賭場で用意するように言われ、五年前のシャックスが律儀に調達したものである。だが結局、マッキンリーは値段を理由に取引を断り、死蔵されることとなった。あの時の屈辱と共に、タバスコは今も眠っている。さっさと売り飛ばしてしまえばよかった。その所為で、ここでの潜伏は少し恐ろしい。

外はまだ大騒ぎであった。ちらりと様子を窺うと、無事だった荷物をエドワーズ倉庫から運び出すべくトラックが走っていた。大量の青い樹脂ケースを積んだトラックが、のろのろと列を進んでいる。あれも頂いておけば、とシャックスは思った。樹脂ケースは案外高いのだ。トラックごと頂こうとも考えたが、向かう先は逆方向だ。噛み合わない。

不思議な協力者によって命を救われたはいいが、強盗自体はあまり良い出来映えとは言えなかった。手に入った荷物はあまり質の良いものではなかったし、B39倉庫から安全に脱出するのに三時間もかかった。おまけに、不快なやつも見た。マッキンリーだ。どうやら、あの倉庫はマッキンリーも利用していたらしい。よく見えなかったが、彼は誰かと取引をしていたらしかった。もしマッキンリーが不利益を被《こうむ》っていたとしたら面倒なことになる。——バレないことを祈るしかない。

「これで満足なのか、ワイズガイ」

シャックスは一人呟いた。ジュークボックスが倉庫にあるはずもなく、答えは返ってこなかった。


父親を見つけて殺しに行った夜のことを思い出す。徹夜で賭場を開き、物を仕入れ、ゲストを把握し、限界まで自分を追い込んでいる最中だった。あの時の自分はコカイン中毒に間違われても仕方がない、とシャックスは思う。

父親は酷く寂れたアパートに一人で暮らしていた。金を持ち逃げしたのだからそれなりに裕福に暮らしていると思ったのだが、そうではなかった。当然セキュリティなどという概念はなく、シャックスはいとも容易《たやす》く家の中に入り込めた。

「赦してほしい。本当に後悔している。毎晩夢に見るんだ。どうしてあんなことをしたのか分からない。自分の命より、家族の方がよっぽど大切だったのに」

嘘、嘘、嘘、嘘、四連続の嘘。手を合わせて命乞いをする父親に、本当のことなど一つもなかった。後悔はしていない。夢に見ることもない。どうしてあんなことをしたのか、自分にははっきり分かっている。こいつは、家族なんかより自分の命が大事だ。

シャックスは苦しげに言った。

「なあ、お前には本当に血が流れているのか。流れているなら、血が繋がった家族にあんなことは出来ないはずだ。お前が血無しだったら、俺も納得がいく。親ってのは、子供をあんな風に切り捨てられるもんなのか？」

「子供なら、親を助けたいと思うもんだろう！」

父親の絶叫のあと、シャックスは彼を撃った。マシンガンの弾倉が空になるまで撃ち尽くすと、父親は真っ赤な肉の袋になっていた。母親や弟や姉に流れていたのと同じものが、床を濡らしている。

父親は料理の最中だった。鍋ではトマトグレービーが煮込まれており、食卓の皿にはインゲン豆の入ったポテトサラダが載っていた。両方とも母親の得意料理だ。

どんなもんかと、トマトグレービーを一掬いして口に運ぶと、シャックスは勢いよく吐き出した。食べられたものじゃなかった。うちのトマトグレービーはこんな味じゃない。

煮えたったトマトグレービーを父親の死体にぶちまけると、シャックスは安アパートを後にした。血などそんなものだ。愛はない。帰りに、行きずりの女を抱いた。吐きそうなほどの虚《むな》しさがシャックスを襲った。特定の相手を作らない、とこの時決めた。

そういうわけで、誰にも愛を寄せないシャックス・ジカルロであったが、ワイズガイに対してだけは違った。シャックスは、それからしばらくワイズガイからの連絡を待って過ごした。新聞では倉庫襲撃事件はあまり大きく取り上げられていなかった。警察が犯人を捕まえていないからだろう。気の毒に。代わりに三日後、大々的に取り上げられていたのは、マロージャスティス社の車が暑さに耐えられずエンストするクソ車であるという記事だった。シャックスがあの日乗って、エンストしたのも同じ車だった。クソ車め！　倉庫の西側に停まっていたのはマロージャスティスの車ばかりだった。

ワイズガイから連絡があったのは、それから一ヶ月後のことだった。その時ジュークボックスから流れていたのはビートルズの〝Baby, You're a Rich Man〟だった。作っていたのは、親の顔よりなじみのあるトマトグレービーである。間奏の合間を縫うように、ワイズガイが話しかけてきた。

『あー、あー、聞こえるか。悪運の強い男。上手くいったみたいだね』

「上手くいっただなんて口が裂けても言えないな。車はエンストし、俺はB39倉庫に釘付けにされた。あそこに何があるのか知ってたか」

『タバスコだろ。マックの』

半ば食い気味に尋ねた声に、ワイズガイは即座に答えた。ワイズガイはどこまで把握しているのかと、シャックスはなんだか空恐ろしくなった。

「俺とお前はどこかで会ったことがあるか？」

『ああ。勿論会ったことがある。僕は君にとても世話になった』

その言葉は嘘ではないと思いたいが、ワイズガイのことが全く思い出せない。「一体どこで世話になったんだ」という言葉に対する回答は、沈黙だった。沈黙！　シャックスに対してこれほどの有効打もない。

『明日は、スペリオ一家の会合があるだろう。一家《ファミリー》が一度に集まる盛大なものだ』

「おい、会合で命の危機があるっていうのか。だとしたら、他の人間に危害が及ぶんじゃないのか」

『午後三時半に、中庭にいてほしい。そこで、噴水の横にある栓を締めてくれ。大丈夫、一家の人間が巻き添えになるようなことにはならないし、君も助かる』

「噴水の栓を締める？　止めろということか？　噴水に何か仕掛けられているのか」

『大丈夫。きっと上手くいく』

ワイズガイはそれだけ言って、通信を切った。後に残るのはジュークボックスから流れる歌声と、微かに聞こえるレコードの回る音だけだった。

一家の会合は独特の緊張感があるものの、基本的には好きな催《もよお》しだった。スペリオ一家として初めての会合に出席した時、シャックスは慣れ親しんだトマトグレービーを作った。これくらいしか、作れるものがなかったということもある。

トマトグレービーをパスタに絡めて差し出した時、率先して食べたのがドルチ・スペリオだった。彼はパスタを頬張ると、口の周りをトマトグレービーだらけにして大きく頷いた。

「美味いな。これは私が食べた中で一番のトマトパスタだ」

「トマトグレービーです。シチリアがルーツのレシピです」

「ああ、私が食べた中で一番のトマトグレービーパスタだ。シャズ」

ドルチは口の周りがソースでべとべとであっても威厳に満ちた存在だった。素晴らしい。ギャングスタはこうでなくては！　ドルチの絶賛に、周囲も挙《こぞ》ってパスタを所望した。お陰でシャックスは、一日中厨房に立っていなければならないほどだった。

だが、それがまるで辛くなかった。むしろ誇らしくてならなかった。トマトグレービーを褒《ほ》められたことで、シャックスは自分が丸ごと受け容れられたような気分になったのだ。それから、シャックスは一家に更なる忠誠を誓うようになった。

今でも、会合の度にシャックスは厨房に立っている。作るのは勿論、トマトグレービーだ。今回も厨房で仕込みをしていると、名も知らぬ男が入ってきて言った。

「シャックス、お前またトマトソースパスタか」

「トマトソースじゃない。トマトグレービーだ」

シャックスが律儀に否定すると、男は肩を竦《すく》めて去って行く。本来ならば撃ち殺してやりたいところだが、家族殺しは御法度だ。血の掟に反する。周りも野菜を刻みながら「いい加減他のものは作らないのか」「昨年と何が違うのか」とうるさい。それでも、シャックスのトマトグレービーの美味しさで、彼らは黙る。

シャックスは午後三時前に一鍋目のトマトグレービーを作り終えると、火を止めて厨房を出た。会合の時のシャックスは厨房にこもりきりになる為、その行動に周りからは少し不審に思われてしまった。仕方が無い。これも自らの命を守る為だ。もしかすると、シャックスの使っていたコンロだけがピンポイントに爆発するのかもしれない。――いや、だとしたら何故中庭に出て噴水の栓を締める？

言われた通り、三時半に栓をひねって締めた。それから数秒経って、危機が訪れた。

目立つ金髪の小さな男。トマス・テイラーだった。シャックスとは根城にしているシマが離れているので、言葉を交わしたことは殆ど無い。さて、噴水に悪戯をした言い訳をどうするか――と考えていたら、トマスの拳がシャックスの腹にめり込んだ。

不意打ちに、シャックスの身体が転がる。息が出来ない。トマスは体格に恵まれない分、格闘技をマスターしていると聞いていたが、その威力は想像を絶するものだった。脳味噌までぶっ飛びそうだ！

トマスは冷たい目でシャックスを見下ろすと、吐き捨てるように言った。

「まさかお前がネズミだったとはな……俺に何の恨みがある？　シマが被ってないんだから、道理が通らないだろう」

「何の話だ」

「しらばっくれんな。その頭吹き飛ばしてやろうか」

トマスが懐から拳銃を取り出す。目が血走っている。完全にイッちまっている目だ。八重歯のところが何故か青く染まっていて、酷く不気味な顔だった。

まずい、このまま訳も分からず撃ち殺される——と、シャックスは密かにワイズガイを憎んだ。

——畜生、あいつは何かをシクじりやがったのだ！

神とワイズガイに呪詛《じゅそ》を吐き、シャックスは人生を終える覚悟をする。

しかしその前に、近くにあった噴水の吹き出し口がギッと不穏な音を立てて、割れた。所々から水が勢いよく噴き出す。水はトマスを直撃し、無様に転げさせた。シャックスの番が回ってきたというわけだ。

シャックスがトマスの肋骨を折ろうと殴っていると、騒ぎを聞きつけた一家の面々が中庭に集まってきた。血の掟があるので、勿論シャックスはトマスを半殺しに留めている。

結論から言うと、骨が折れたのはトマスだけではなかった。シャックスの右足も折れていたので、トマスと一緒に医務室送りである。やれやれと首を振る一家の医師に対し、シャックスは溜息交じりで言った。

「ギャングはもう少し人の話を聞くべきだ」

「本当にそうだ。葬儀代を浮かせばスペリオ一家の為にもなる」

「モルヒネをくれよ。あるんだろ」

「なら自分で打て。私は忙しい」

医者は葉巻を吹かしながら、医務室の外に出て行ってしまった。

医務室という名前ではあるが、設備はそこらの病院よりもよっぽど揃っている。さすがはスペリオ一家の所有する館だ、素晴らしい。

シャックスは戸棚から勝手にモルヒネを拝借し、太股《ふともも》に刺す。意識がぼんやりとする前に、考えた。

どうやらトマスは、部下の中に紛れているネズミを長いこと追っていたらしい。そしてついにそのネズミが、一家の会合がある日に交渉しないかと持ちかけてきたそうだ。曰く、トマスの使っているブツの流通ルートをバラされたくなければ、相応の金銭を払え、と。

ギャングにとって流通ルートを知られるのは相当な痛手だ。単純に、襲撃されるリスクが高くなるからである。シャックスがシノギでやっている通り、金品は輸送する時を狙うのが最も効率が良い。

トマスは殺気立ちながら、中庭にやって来るネズミを待っていた。そうしたら、のこのこシャックスがやって来たわけだ。後は、起こった通りである。

ネズミは「自分が死んだらお前の情報は全て警察に流れるようにしている」なんて可愛らしいことまで書いていたようだが、頭に血の上ったギャングはそんな脅しよりも面子《めんつ》を大事にするものだ。

賢いシャックスは、起こったことを整理していく。なるほど、ワイズガイの助言は正しい。元の水道管を締めずに噴水の栓だけを締めれば水圧で亀裂が入り、吹き出し口は弾ける。その結果、トマスは水にやられたわけだ。今度も命が助かった。

だが、これは一体どうしたことだ？

この命の危機は、ワイズガイによってもたらされたものだ。ワイズガイに言われなければ、そもそもシャックスは中庭に行ったりはしなかった。吹き出し口の破裂とあわせれば、まるで自作自演である。シャックスは噴水の栓を閉めたりせず、厨房にいればよかったのだ。聞く限り、厨房はとても穏やかで平和なようである。

モルヒネが効いてきて、脳味噌まで穏やかにとろけていくようだった。だが、シャックスはもっと考えなければならない。

ワイズガイは――……俺を殺そうとしたのか？　トマスがネズミと話をする、という情報だけを手に入れて、そこに鉢合わせさせたのか？　あわよくば俺が殺されれば良いと思って？　笑えない！

考えれば考えるほど気分が悪くなってきていた。それは、ワイズガイを疑うことへの無意識の抵抗でもあった。ワイズガイは、シャックスがドルチ以外で唯一信じられる相手である。もしワイズガイが自分を嵌めようとしているのであれば、シャックスは――それは、流石に、苦しい。

モルヒネをもう一本追加する。モルヒネはスペリオの血の掟の抜け道だ。ありがたい。

妙なことに、ここに置かれているモルヒネは全てが同じ工場のラベルを貼られていたが、それらは聞いたことのない工場だった。だが、スペリオ一家の手の広げ方であれば、新たに工場を所有していてもおかしくはない。

問題は、シャックスがそれの存在をちっとも知らないことだ。

シャックスは、スペリオ一家でも重要な地位に就いている幹部である。当然、大規模な事業を行う時は、シャックスも会議に参加して意見を述べる。それなのに、この工場の建設から運用まで、シャックスは少しも知らされていない。これは一体どういうことだ？　ドルチに尋ねてみるべきだろうか。単に取引先の一つでしかないのかもしれないし、シャックスが気にしなくて良いほどささやかな事業であるかもしれない。

だがそうでなかったら、シャックスはとても衝撃を受けてしまうだろう。

「――気にするな」

わざわざ口に出さずとも、通常量の二倍ものモルヒネを打ったシャックスの意識は、暗闇に取り込まれつつあった。

「ワイズガイの野郎、次に連絡してきやがったらきっちり吐かせてやる」

意気込むシャックスだったが、燃え上がる怒りは時間によって削《そ》がれた。

次にワイズガイから連絡が来たのは、三年後だったからだ。


三年経てばギャングの世界も変わる。音楽も変わる。ジュークボックスで流れる曲は、シャックスの馴染みのあるものではなくなってきた。一九六〇年代から一九七〇年代への移り変わり。時代が変わろうとしているのだ。長い年月だ。

その間、シャックスは二年ほど刑務所にも行った。クレジットカードの組織的不正利用というしょっぱい罪で、無理矢理引っ張って行かれたのだ。警察はその間に余罪を追及しようとしたが、それが通るはずもない。何しろ、シャックスは大物のギャングスタ、天下のスペリオ一家である。

「お前が千年ムショにぶちこまれてもいい悪党だってことは分かってる」

「分かったところで、俺を長く閉じ込めておくことは出来ねえぞ。俺のバックにはドルチ・スペリオが付いている」

目の前の警官は悔しそうに顔を歪《ゆが》めた。シャックスにとって不愉快極まりない状況ではあったが、スペリオ一家の為ならば、シャックスはいくらでも冷や飯を食う覚悟だった。どうせ警察はこうした嫌がらせしか出来ない。安い嫌がらせをすればするほど、ギャングスタは法の穴を見つけ出す。

しばし睨み合った後、警官は苦々しく尋ねた。

「スペリオ一家が隠し持っているコカインはどこにある。それを教えれば、お前は見逃してやる。証人保護プログラムを使って、ニューヨークから出ろ。ルーツのあるシチリアに帰るといい」

一体何を言われているのか、シャックスには分からなかった。何を言われても撥《は》ね除《の》けてやろうと思っていたが、これでは撥ね除けるも何もない。

「このままドルチ・スペリオを庇《かば》ったところで、お前はトカゲの尻尾にされるだけだ」

「おいおいおいおいおい、お前は何年警察をやってて、スペリオ一家の血の掟を把握してねえんだ？スペリオ一家はクスリを禁じてる。手を出すのは、ギャングにもなれないマッキンリーみたいな野郎だけだ」

「マッキンリーは一年も前に殺された」

「ああ、そうだ。ギャングにもなれない半端者には犬死にがお似合いだろ」

「あれが尻尾だ。お前もそうなる」

全く話が見えてこなかった。——つまりこの男は——マッキンリーのコカイン稼業にスペリオ一家も関わっていると言いたいのか？　そして、マッキンリーは邪魔になったから一家に始末されたと。

ジョークにもならないお笑い草である。スペリオ一家はコカインに手を出さない。マッキンリーのような男を家族に入れない。もし入れたのだとしたら――……絶対に裏切らない。

「お前らはギャングの絆を分かってない。そこらの骨の無い奴らとは違う。俺はドルチ・スペリオを裏切らない」

「お前さえ転んでくれれば、とんでもなく事態が動く。長年ドルチの腹心として働いているお前にしか頼めないんだ」

「今度は泣き落としか？　俺達の家族になってから出直しな」

しかし、そんなシャックスであっても、例の工場のことは知らなかった。最近は、ドルチと会話をすることすら殆ど無い。シャックスはまるで、放っておかれた情婦のようだ。自嘲気味に呟けど、心のざわつきは収まらない。

「いいからさっさと収監しろよ。俺の準備はもう出来てる」

シャックスは二年の刑を言い渡され、刑務所で人脈を広げ、その中でもトマトグレービーを仕込みながら、模範囚として過ごした。刑期は短くはならなかった。

刑務所を出たシャックスは、久々にドルチと会った。ドルチは会うなりシャックスを抱きしめ「よくこの役回りを引き受けてくれた」と大いに喜んでくれた。

「お前は本当に孝行息子だ」

「あんたの為なら二年なんて無いも同然だ」

二年の内に、スペリオ一家は様変わりしていた。見知った顔が少なくなり、雰囲気も少しピリついている。嫌な空気だった。あまりよくない。こういうときのシャックスの勘は当たるのだ。

一番驚いたのは、トマスが死んだと聞かされた時だった。トマスは酒に酔い、イースト川《リバー》に落ちたという。ギャングスタの死に方としては珍しいが、不思議ではない。シャックスとの一件があってから、トマスは肩身が狭い思いをしていたようだ。そのせいだろうか、とシャックスは少し淋しい気持ちになる。

「中で作った伝手《つて》を使って、今度はハミルトン倉庫を襲います。二年をかけて練り上げた計画です。絶対に失敗しません」

「ああ、聞いた。計画書も読んだ。お前の計画はいつも完璧だ。お前こそが真のギャングスタだ、シャズ」

ドルチしか使わない愛称を聞き、シャックスは一家への――いや、ドルチへの忠誠心で胸がいっぱいになる。今度の襲撃は、シャックス・ジカルロの華々しい凱旋《がいせん》となるだろう。

準備を整え、倉庫の襲撃はいよいよ明日という日、横槍を入れてきたのは、ワイズガイだった。

久しぶりに起動しようとしたからか、件のジュークボックスからは妙な音がした。恐らく、中に埃《ほこり》が溜まってレコードの交換が上手くいっていないのだろう。バラして掃除をしなければいけないのかもしれない――と考えていると、咳払いのような声がした。

「随分久しぶりじゃねえか、ワイズガイ」

『君に忠告したい。明日のハミルトン倉庫襲撃の件だ』

「お前に言いたいことがある。三年前の会合の件だ」

わざわざ言葉尻まで合わせて言うだけで、ワイズガイには怒りの中身すら察しがついたようだった。全く以て優秀なベリー・ハード・ワイズ・ガイである。

『あれは、君を助ける為に必要なことだった』

「ああ、畜生！　なんでだ。何が目的なんだ！　嘘じゃねえのかよ！」

『信じてほしい、信じてほしい、信じてほしい！　嘘じゃないってわかるだろう。涙が出そうだ！』

懇願の響きがやけに悲しく、ジュークボックスによく似合った。哀歌《エレジー》の響きだ。シャックスが何か言うより先に、ワイズガイが言った。

『ハミルトン倉庫襲撃の後に、君は二台目のトラックに隠れるんだ。隠れるだけでいい。そうしたら、全てが上手くいく』

「いつにもまして意味が分からないアドバイスだ」

『僕のアドバイスを聞かなかったら、君は死ぬ』

嘘ではないのだろう、ワイズガイの素晴らしき助言。天気予報よりよっぽど精度の高い死亡宣告。シャックスは四度——いや、三度。命を救われた。

「なあ、ワイズガイ。このジュークボックスはバラしてもいいのか？　中のレコードの間に埃が溜まってんだ」

『レコード？』

ワイズガイは訝しげに尋ね返してきた。まるで、年若い子供のような声だった。ややあって、ワイズガイが口早に答える。

『分解されるのは困る。だが、話せなくなるのも困る。ああ、じゃあ、バラすのは明日が終わってからにしてくれないか』

「つくづく妙なことを言うやつだな」

ジュークボックスの中には、ちっぽけな通信機器が入っているのかもしれない。そこからあっさりとワイズガイの正体に辿り着いてしまうのかもしれない。そんなことを考えながら、シャックスは心のままに口を開いた。

「ワイズガイ。もし明日無事に帰れたら、お前に俺のトマトグレービーのレシピを教えてやる」

それは、シャックスの出来る最大にして最善のことだった。ドルチ・スペリオにすら教えたことのない、シチリアから受け継ぎし秘伝のレシピである。血溜まりの家から今に至るまで改良を重ね、最早あの焦げ臭さすら思い出せなくなるような、素晴らしいトマトグレービーソースである。

『それは……――とても光栄だ』

ワイズガイは噛みしめるように言い、聞いたシャックスは何故か心が苦しくなった。こんな気持ちになるのは初めてだった。レシピを教えるのは、子供を作ることに似ているのかもしれない、と妙な想像までした。ワイズガイの声が聞こえなくなってしばらくしてから、シャックスは鍋に火を掛けはじめた。

全ての強盗とは（特に華麗な強盗とは）ルーティーンである。ダンスのプログラムのように、決められた動きを淡々とこなす。それは優雅でスピーディーであればあるほどいい。

シャックスは十八名の一家の面々と二名の協力者と共に、ハミルトン倉庫を襲撃した。目当ての荷物をトラック三台分強奪するのに、三十八分しか掛からなかった。とても、とても、素晴らしい。

本来ならば、このまま一台目のトラックでその場を去るべきなのだが、シャックスはワイズガイの忠告に従った。誰にも見つからないよう二台目のトラックの荷台に隠れて、しばらく息を潜めたのだ。

アドバイスを受けた時は想像出来なかったが、たっぷりと物が積まれた荷台の中は、家族を亡くしたあの日の食料庫に似ていた。息が少し苦しくなる。

シャックスはそこから百数えて出ることにした。あの日もそうしたからだ。そのくらい待てば、シャックスを脅かすものはここを去るだろう。
七十二、七十三と数えたところで、荷台の扉が開いた。予定では積荷の追加は無いはずである。よく見えないが、中に入ってきた不届き者共は、積荷を漁《あさ》っているようだった。シャックスは懐の銃に手を掛けた。
「おい！　やはりここにあるのは純正だ！」

突然の怒声に驚いたわけではない。声の主に驚いた。

聞き違えるはずがない。それは、ドルチ・スペリオの声だった。

当然ながら、ドルチはこの襲撃作戦に参加する予定は無かった。一家のビッグボスがやるような仕事ではない！　それなのに、どうしてここにドルチがいるのか。

「二級品だけを載せろといったはずだ。これだけでいくらの損失になるか考えたことがあるのか?」

ドルチが何者かを叱責している。慌《あわ》ただしく積荷が下ろされる。そして、何かが入れられる。

——入れ替えられている。

作業自体は一分も掛からずに終了した。再び荷台に暗闇が戻ってくる。

シャックスは残りの二十余りを数えずに、すぐに扉を開けて荷台から降りた。

そこにはまだドルチがいた。ドルチは驚愕の表情でこちらを見ていたが、すぐさま普段の紳士の顔になって言った。

「シャズ。手筈は順調か? 計画では、お前は一台目のトラックに乗って州境を目指しているはずだったが」

「少し手違いがあったが、すぐに取り返せます。俺は何度もこの仕事を成功させてるんです。あんたも知ってるでしょ」

シャックスは何事も無かったかのように言った。嘘を見破るのが得意な彼は、嘘を吐くのも得意だった。元より無愛想な顔つきだ。顔が強張っていたところでどうということもない。

「それより、ドルチは何故ここに?」

「野暮用だ。それに、お前のことも気になったんだよ、シャズ。ブランクがあるだろ」

「気にしてくれるとは何よりです。けど、警察が来ますよ」

「すぐにお暇《いとま》するさ。それに、私は倉庫にある積荷を心配しているだけの、ただの一般市民だ」

ドルチは首を傾げながら言った。こうして見ると、ドルチも随分年を取っていた。シャックスのトマトグレービーを褒めてくれた時に比べ、なんだか酷く——弱々しく見える。

ややあって、シャックスは言った。

「ヘイ、ドルチ。俺のことを愛してますか」

「どうした、急に」

「俺はあんたに忠実だった。そこらの犬よりよっぽど健気だったでしょ。俺があんたに向かって垂らした涎《よだれ》で、きっと海が出来るでしょう。なあ、俺は大切な家族か？　俺のことを愛していますか？」

ドルチ・スペリオは眉を寄せた。それはシャックスが今までしたことのない類《たぐい》の質問だったからだろう。だが、ドルチは真の男であり、素晴らしいギャングスタである。ギャングスタは愛を茶化さない。彼は真剣な眼差しで答えた。

「ああ。愛している。お前は大切な家族だ」

オーケイ、とシャックスは思う。オーケイオーケイ、ファックマイライフ。俺としたことが、鍋をひっくり返すより最悪なやらかしをするとはな。シャックスは親愛なるドルチにさっさとその質問をして、熟れたトマトより真っ赤な言葉を引き出すべきだったのだ！

その後、元の計画通り一台目のトラックに乗って倉庫を後にしたシャックスは、州境であっさりと警察に捕まった。びっくりするほどの手際に、チビりそうになるくらいだった。

シャックスを取り調べたのは、二年前と同じ警官だった。

「容疑を否認する」

「おいおい、交渉の余地をくれよ。正直に言うと、こっちはお前がハミルトン倉庫を襲撃したっていう証拠も握ってるんだ」

警官が出してきた書類を見て、シャックスは目を剝いた。計画に参加している人間の半分が、警察と繫がっていたのだ。スペリオ一家がこれだけガタガタになっているとは思わなかった。計画は、初めから失敗していたも同然だ。

「お前には依然、司法取引の余地がある。俺たちはどうしてもドルチ・スペリオを引っ張りたい。見て分かる通り、スペリオ一家はもう内部から崩れてる。それなのに、奴だけが逃げおおせている状況だ」

「俺にドルチを売れっていうのか」

「積荷からこれも見つかった。取引をしなければ、確実に死刑だ」

そう言って、警官は青い袋に入った粉を――コカインを取り出した。

「俺は積荷の中身を全て把握していたわけじゃない。コカインには手を出さない」

「だが、事実として出てきた。これは、スペリオ一家のものか？」

そんなはずがないだろう、とシャックスは言おうとした。

これは積荷に紛れていただけで、ハミルトン倉庫にはコカイン取引に手を出す不届き者がいるってことだ。

――ドルチ・スペリオはコカイン取引なんかやらない。スペリオ一家の血の掟だ。俺の父親のような腐った男じゃない。仲間を売らない。他の誰がドルチを裏切っても、シャックスは裏切らない。死刑だって恐れない。一家の誇りを守る為ならば。

本来のシャックス・ジカルロならそう言っていただろう。だが、シャックスは代わりにこう言った。

「証人保護プログラムを受けたら、本当にシチリアに行けるか？」

　果たして、シャックスはドルチを売った。スペリオ一家の事業について。スペリオ一家が関わった恐喝や殺人、違法賭博やノミ行為などなど、数限りない犯罪を全部吐いて全部売った。持っているものも全て出した。賭場を任されていた時の帳簿や仕入れのメモから、強盗の計画書の下書きまで。ドルチに不利なありとあらゆるものを差し出してやった。

「コカインの製造場所にも心当たりがある」

　シャックスは館のモルヒネの瓶のラベルに書いてあった工場名を教え、B39倉庫から見たトラックが青い樹脂ケースを運んでいった方角を教えた。その方面を当たるべきだと丁寧にアドバイスをすると、待遇が明らかに変わった。

　シャックスの協力の結果、製薬工場の皮を被ったコカイン精製工場が摘発された。ドルチ・スペリオとその部下達は軒並み逮捕された。全てが上手くいったわけだ。逮捕を逃れた残党達は血眼になってシャックスを探したが、その時にはシャックス・ジカルロは消えていた。証人保護プログラムを受け、全てを捨てて新たな人生を選んだのだ。

　シャックス・ジカルロには殆ど何も残らなかった。残ったのは、トマトグレービーのレシピのみ。

素晴らしき昼下がり、シャックスは相も変わらず地獄みたいな色のトマトグレービーを煮込んでいる。シャックスも既に三十代を迎え、トマトグレービーのレシピも多少変化した。もう母親の作っていた、あのトマトグレービーとは似ても似つかないものになった。当然、シャックスのトマトグレービーの方が断然美味い。

名前も変え、ギャングスタではなくなったシャックスは、もうニンニクを毎朝空輸するようなことはない。代わりに、自らの足で市場に出向いて、新鮮な地元、シチリア産のニンニクを手に入れている。こっちの方がずっと冴えている。

シャックスはジュークボックス事業は永遠だと思っていた。人間は音楽と共に生き、死ぬものだ。どんな流行り廃《すた》りがあろうと、こいつだけは民衆に愛され続けるだろう、と。だが、ジュークボックスは最近みるみる内に消えてきている。CDが出現したからだ。レコードを抱え込んだ馬鹿デカい箱の需要なんてなくなっている。

それでも、シャックスはジュークボックスを愛用していた。人一人が入れそうなくらいの馬鹿デカいやつをだ。誰かが通信装置を仕込んだっておかしくないようなものを、シチリアに来てから新しく買い直した。

シャックスはナックの〝My Sharona〟を聴き、トマトグレービーを煮込んで、その時を待っていた。

そして、今日がその時だった。

『――……久しぶりだね、シャックス・ジカルロ』

「おうおうおうグッドフェラ。お前、俺をハメやがったな」

『そんなことはない。現に君は助かった』

あの時とは違うジュークボックスだ。シチリアでわざわざ買ったものだ。ここにまで通信機器を仕込めたとしたら、ワイズガイはドルチを超えるビックボスであることになる。だが、そうではない。

「畜生、お前のことは信じていた」

『信じていてくれてよかった。僕は君の味方だったはずだ。ずっと、今までもこれからもずっと』

「どうして俺にこんなことをする、ワイズガイ。俺は、こんなこと望んでなかった」

『それでも、僕はシャックス・ジカルロにシチリアまで辿り着いて欲しかったんだ』

「お前は最初から俺に、ドルチを裏切らせるつもりだったんだろう。このクソ外道め。俺を騙さずに騙しやがったな」

『そう思われても仕方が無い』

「俺は、ドルチを売らなかったら死んでいたのか？」

『ああ、その通りだ』

「どうやって？」

『起こらなかったことを僕が知っているとでも？　神でもあるまいに』

「だが、お前は知っている。何故ならお前は同時代に生きている人間《close friend》じゃないからだ。お前はどっかから俺の人生を覗《のぞ》き込んでる覗き魔だ。俺がどうなるかを、知っていたんだろう」

神でもあるまいに、は嘘ではなかった。神ではない。だが、今のシャックスにとって、ワイズガイは恐ろしいほど神染みている。

「お前は俺に会えない。未来人だからだ。ギャングでもないのにギャングの事情に詳しい。何故だ。未来人だからだ。俺がどうなるか知っていて、アドバイスによってそれを変えられる。何故だ。未来人だからだ。どうだ？」

『……どうしてそこまで分かった？』

ワイズガイが静かに尋ねた。シャックスはミステリドラマを解決編から観るような男だが、そうした時に、探偵がどうやってサディストの真似事をするのか学んだのだ。

「お前がギャングでもなんでもないのは、マックのタバスコの件で分かってた。マッキンリーの注文したタバスコは黒色火薬のことだ。俺らが身内の中でどれにもこれにも渾名を付けると知っているだろ？　B39倉庫にあったのは、タバスコなんかじゃなく黒色火薬なんだよ」

マッキンリーは気性が荒く軽薄で、凶暴だった。商売敵の家を焼き、殺し、更地にした。『タバスコ』は、マッキンリーのお気に入りだったのだ。

「つまり、お前は俺がやっている事業やら仕入れたもんに、表面的には恐ろしく詳しい。まるで、帳簿を見てるみたいにな。お前はチグハグだ。生の情報に触れてない。そこで気づいた。お前は警官達と同じだ。ギャングの世界の生を知らず、帳簿だけからギャングを見ている」

荒唐無稽な話だと、シャックス自身も笑ってしまいそうだ。だがマジだ！　ワイズガイは、シャックスの残したメモを、帳簿を、その他全ての生きた証を、閲覧している！　だとしたら、どれだけ玩具めいていても、未来人の可能性が一番しっくりくる。

「あと、マメだ。お前は実に詰めの甘いやつだ」

『マメ？』

「お前の最初の指示だ。お前は俺に『入ったばかりのインゲン豆とポテトを使ったサラダを出せ』と言った！　けど、あの日仕入れたのは珈琲豆だ！　なんで仕入れたことは知ってるのに物を間違う？　それは、お前がメモしか見ていないからだ！」

『ああ、インゲン豆じゃないのか！　そんな！　シャックス・ジカルロならインゲン豆だと思ったのに！』

ワイズガイの声は半ば喝采のようだった。一本取られた、というような声だ。シャックスは、これは遊びじゃないんだぞ、と言ってやりたかったが、あまりに状況が馬鹿馬鹿しく、想像を超えているからこそ言えるはずがなかった。

「だからお前はきっと、資料を見て俺のことを把握しているんだろうと思った。だから最初は警官なのかと思った。俺の全ては司法取引の時に押収されてるからな。けど、そう考えるとまたしても困った矛盾が出てくる。いやいや、ワイズガイは俺が警察に捕まる前に情報を手に入れてたじゃないかよってな」

『だから未来人？』

「俺は警察の次に未来人が好きじゃないが、それ以外考えられない」

ワイズガイが笑った。このジョークはお気に召したようだった。

「あと、お前はジュークボックスの仕組みに疎《うと》すぎる。ジュークボックスには実際にレコードが入ってるんだぜ。常識だろ。そこもお前を疑った理由だ」

『ああ、確かに——君がジュークボックスをバラすと言った時、驚くべきじゃなかったな』

「俺は最初、あの日賭場にいた誰かがお前なんだと思っていた。けれど、違ったんだ。あそこに置いてあったジュークボックスからお前の声が出ていたんだな。ジュークボックスは電話ボックスじゃねえぞ」

『間違えた使い方をしすぎたな。けれど、未来から安定した僕の声を届けられる相性の良い機械は、その時代にはそれしかなかったんだ』

「あんまり冷静ぶるなよ。お前のやり方は本当にスマートじゃないし、愚かだ。お前のやっていることは、ここ数年まるで変わっていない。俺は六番テーブルを避けるだけでよかった。だがお前は、わざわざマッキンリーのテーブルに向かわせた。何故か？　テーブルにある水色のコカインの袋を見せる為だ」

このボールがどこに届くのか、預言者ではないシャックスには分からない。だが、今なら分かる。とっくに、スペリオ一家はコカインに汚染されていたのだ！

それに、あのB39倉庫から見たトラックの青い樹脂ケース！　あれがパケだと気づく察しが良く不幸な男は？　そう、スペリオ一家に忠誠を誓っているシャックス・ジカルロである。

「次の伏線はエドワーズ倉庫内だ。確かに、東から入るのは危険だった。だが、東西南北でまだ三つの選択肢が残ってる中で、どうしてわざわざ西を指定してきたのか。疑えば良かったのに、俺は六番テーブルの件で、すっかり行き先を誘導されるのに慣れちまった！」

『けれど、三方角のうち一つを指定しただけなのに、それで何が誘導出来ると？』

「西側に車はマロージャスティスしかなかった。暑い日だとまともに動かなくなるポンコツだ。その所為で俺はB39倉庫に隠れる羽目になった」

『あの日、マロージャスティス社の車しか西側に無かったと、どうして僕は知れたのかな。僕が未来人であったとして、そんなに細かいことは記録に残らないだろう』

「ところが、そうじゃない。マロージャスティス社の不祥事は、三日後の新聞に掲載されていた」

ワイズガイは過去の出来事を資料で把握している。情報源は案外広い。たとえば帳簿、メモ、あるいは新聞。ワイズガイはそれを元に計画を立てたのだ。

「そのお陰で、俺はB39倉庫に潜み、何者かとマッキンリーの密会を見てしまった。畜生、あんなもん見たくもなかった。マッキンリーが倉庫を使うほどの大がかりな取引をすることを知っちまった。あれほどの量なら絶対にドルチが目を付けただろうに」

『つまり、僕はそれを見せる為にB39倉庫に君を誘導したわけだ。だったら最初から、B39倉庫に隠れろと指示すれば良かったのでは？』

「そう言っていたら、俺は理由を尋ねただろう。俺には嘘が通用しない。詳しく聞いていたら、お前の隠していることがバレてしまう。だが『西から入れ』だけならその心配は無い」

ということは、ワイズガイは俺の嘘を見抜く能力をも警戒しているということなのだ——と、シャックスは思う。ややあって、ワイズガイは『その通り』と答えた。

その次にスペリオ一家の会合でのトマスの青い歯！　あれは、コカインのパケを口で破った時に引っかかったのだ。

「そして、医務室にあったモルヒネの工場だ。医務室送りになったのは、ドルチのコカインがどこにあるかを俺に教える為にだ。俺がドルチを警察に売る際の必要な情報を与えたんだ」

『これで、僕が何も言えなかった理由が分かるだろう』

「嘘にうるさくて参ったろう」

『もしそれが無ければ、事はもっとシンプルだった』

「お前は当然、ハミルトン倉庫で何が起こるかも知っていた。内部にあれだけの裏切り者がいて、俺達が呆気なく捕まることを知っていた。だが、それは敢えて言いやしなかった。お前は俺が『死なない』為だけにアドバイスをしていたからだ」

『君が州境で警察に捕まらなければ、シャックス・ジカルロは死んでいただろうから』

「おうおうおう、何しろあのドルチ・スペリオが俺を生贄にして、高飛びしようとしてたんだろうからな。捕まらなかったとしても、殺されていただろう」

ドルチがあのトラックに入って来た理由。二級品という言葉の意味。警察に筒抜けだった計画。それらを考えたら、おのずと分かる。ドルチはコカイン売買の罪を俺に押しつけて、自分の代わりに死刑にでもなってもらうつもりだったのだ。そうでなければ、わざわざ俺の奪う荷物にコカインなんて紛れ込ませない。

笑ってしまうのが、なぜドルチがわざわざ二台目のトラックに来たかだ。きっと、シャックスに押しつけるコカインは粗悪なもの――二級品を指定していたに違いない。それが手違いで、良い品質の純正コカインを載せてしまった。ドルチはそれに気づいて、わざわざ取り返しにきたのだ！　まったく、欲深いことこの上ない。

ドルチがそう計画していた以上、たとえシャックスが州境で逮捕されなくとも、ドルチは追っ手を差し向けてシャックスを暗殺しに来ただろう。罪を背負って死んでもらうのが彼の望みなのだから。酷く残虐で、救いのない話だ。だが、ドルチならやる。ドルチはそういう男だ。そうと決めたら、そうする。

――そして俺は、ドルチの忠犬だ。忠犬だった。仮に二台目のトラックの中でコカインの件に気づいていたとしても、なんだかんだと理由をつけてドルチの為に死んでいただろう。

そうしなかったのは、ワイズガイのアドバイスによって積み重ねを得たからだ。ドルチ・スペリオがシャックスを捨て駒だと思っているという事実を、シャックスがスペリオ一家に入った駆け出しの頃ですら薬物に汚染されていたことを、シャックスが信じていたスペリオ一家などどこにもないことを、シャックスは何年もかけて丹念に刷り込まされてきたからだ。

だから、シャックスはようやく、恩人を、売れた。

「その上でもう一度聞く。どうして、俺を、死なせなかった？　俺はもう何者でもない。カモにされる側の人間だ。ドルチの罪を被ることは、少なくとも意味があった。俺が不幸でないことは、心のある人間なら分かるだろう。ドルチに殉じていたら、恐ろしく素晴らしい人生だった」

騙されることは不幸かもしれないが、信じ切ることは幸福である。シャックス・ジカルロはその意味では確かに幸せだったのだ。ワイズガイは確かにシャックスの命を救ったかもしれないが、それが幸せだろうか？

ややあって、身勝手な未来人は答えた。

『シャックス・ジカルロほど、素晴らしいギャングスタは他にいない。シャックス・ジカルロには本物の情があり、人間に報いようという気概があった』

「その通りだ。俺は俺の人生に誇りを持ち、ギャングスタとして生きて死ぬはずだった」

『本来のシャックス・ジカルロは、そういった人生を送った。シャックス・ジカルロは素晴らしきギャングスタとして、未来の世界でも愛されている。君の情報が極めて正確に残っているのも、君を基にしたフィクションがいくつも出来ているからだ』

正直な話、ワイズガイの語る未来には驚きしかなかった。自分がそんな風に持ち上げられているなど、何かのジョークとしか思えない。だが、そうしてフィクションに昇華されているなら、ワイズガイが過去の情報にアクセス出来た理由も分かる。

『その生き様を否定することはない。けれど、もしそこに干渉できたとしたら、可能世界の分岐という形であっても、どこかでジカルロが生きている世界の分岐を作れたらって。こっちでは並行世界の研究が進んでいて、箱庭の形でなら歴史に介入できる。だから僕は、それをやってみることにした』

ワイズガイの言っていることは、これっぽちも理解出来なかった。小難しいことを言って相手に理解をさせないのは、ワイズガイではなくプアガイである。

『だから、死んで誇りを全うするんじゃなく、生きる世界を、存在出来る世界をこちら側が作ってみようと思ったんだ』

日差しが強くなってきた。庭のトマトをさっさと収穫してやらなければ。シャックスは——もはや元の名前すら無くした男は、日がなそうして暮らしている。本来のシャックス・ジカルロは死刑になるか、ドルチの追っ手に殺されるか……何にせよ、あそこで死んでいた。死んでいたら、シチリアのトマトをこの手でもぐことは出来なかった。

「俺はこんな言葉をお前に与えたくはない。けれど、感謝している。俺は今日も生き長らえている。トマトグレービーを作っている。俺にはこれを不幸と呼ぶことが難しい。俺はボスを裏切る、ギャングの風上にも置けない、カモになるだけのプアマンだ。だが、俺にはこれが幸福なんだ。お前もそうだろう、ワイズガイ」

シャックスはこの時初めて、ワイズガイが何者であるかに気がついたのだった。一体どうしてこれに思い至らなかったのか？　それはきっと、シャックス・ジカルロが愛を信じていなかったからだ。ヒントはあれだけあったのに！　誰が〝マメ〟ですぐにインゲン豆を連想する？　こうまで必死に歴史の中に消えたギャングスタの幸福を求める？

そんなものが存在すると、想像も出来なかった。一体お前はどこまで先の人間なのだ。どこまで引き継がれていったのか。果たして誰が、――。

『もしよければ、トマトグレービーのレシピを教えてほしい』

「知ってるはずだ。俺はきっと、アルファベットより先にそれを教える」

ワイズガイがシャックスとよく似た、血の繋がりさえ感じさせる声で笑った。

ゴールデンレコード収録物選定会議予選委員会

これは小さな、遠い世界からのプレゼントで、われわれの音・科学・画像・音楽・考え・感じ方を表したものです。私たちの死後も、本記録だけは生き延び、皆さんの元に届くことで、皆さんの想像の中に再び私たちがよみがえることができれば幸いです。

——アメリカ合衆国第三九代大統領ジミー・カーター

一九七五年、七月二十四日。

カール・セーガンは、朝から嫌な予感に苛《さいな》まれていた。今日の会議は荒れそうな気がする。晴れているのに道は混んでいたし、コーヒーは淹《い》れ立てなのに不味《まず》かった。天下のニューヨークでコーヒーが不味い日があっていいだろうか！　きっと、今日は酷い一日になるだろう。

今日はゴールデンレコード収録物選定会議予選委員会の、記念すべき第一回目だ。セーガンが求める、ゴールデンレコードのありようを歪めるような忌まわしき会議である。いつも通っているコーネル大学への道程が遠い。セーガンは基本的に人類とその叡智《えいち》を誇っているが、今回ばかりはその愚かさを噛みしめる他なかった。テフロン加工のフライパンの開発を、宇宙開発の副産物だと言い張る科学者どもと同じくらい吐き気を催す。絶対に許せない。

＊

一向に進まないタクシーでセーガンが溜息を吐いている合間に、ゴールデンレコードについて話をしよう。一九七七年にめでたく発射を迎える無人宇宙探査機ボイジャー号に載せられる、世にもスマートなファーストコンタクトの方法、人類から宇宙人へのメッセージ、偉大なるゴールデンレコードの話を！

「人間は、結構良い感じに発展したんじゃないんだろうか」

一九六九年、アポロ十一号による月面着陸が成功した時、全アメリカ国民は——いや、この事実を知る人類の殆どが——そんな風に思い上がった。今や、宇宙は未知なる暗黒ではなく、人間が足を踏み入れることの出来る庭である。急に人類の視界が開け、彼らは大いに調子に乗った。自分達は宇宙の全生命体の中でも、かなりイケている方なのだ。

自信を手に入れたティーンエージャーがパーティーに繰り出すように、人類は宇宙進出に色気を出すようになった。自分達より更にイカした知的生命体と、コンタクトを取れないだろうかと期待するようになったのである。

月より遠くに人間を送り、生き物の住める生命の星を見つける。その為に、アメリカ国民の税金をじゃぶじゃぶ使うことも厭《いと》わない。そんな雰囲気が大いにあった時代なのだ。

その雰囲気に、怒りを覚えていたのが天文学者のセーガンである。浮かれること自体は別にいい。だが、浮かれた空気で金がじゃぶじゃぶ使われる現状は我慢ならなかった。

セーガンは科学の信奉者であり、合理主義者でもあった。ただでさえ、有人宇宙飛行は金がかかる。太陽系の近くにいるかもわからない、知的生命体を探してロケットを飛ばし続けたら——いくら金があっても足りやしない。そんな分が悪いギャンブルに、付き合ってたまるか！

セーガンが推しているのは、無人宇宙探査だ。太陽系内のことを探査するのは、無人の探査機に任せればいい。そうすれば、コストはずっと安く済む。人間を月に送るのは、派手なパフォーマンス以上の意味は無い。セーガンからすれば、近頃やけに盛り上がっている地球外知的生命体とのコンタクトだって、人間がやるべきではない。もっと効率がよくてスマートなやり方がある。

その筆頭が、ゴールデンレコードである。

ゴールデンレコードは、金でメッキをされた銅製の円盤状記録媒体のことである。強度に優れ、記録を保持するのに向いている。そこに、地球の何たるかや人類の文化を記録し、宇宙に飛ばすのである。それは人類から宇宙へ向けたコミュニケーションであり、遥か彼方へと向けた、タイムカプセルでもあった。

レコードに収録される予定のものは、まさに地球の真髄とも言うべきものだ。動物の鳴き声や大自然の環境音、様々な場所で奏でられた音楽に、各国言語での挨拶など。レコードの容量が許す限り、様々なものを収録する予定である。

発射されたボイジャー号は、遠い宇宙まで旅をして、地球外の知的生命体に届くだろう。彼らは搭載されたゴールデンレコードを解読し、美しい星・地球と、そこの偉大な支配者である人類を知るだろう。

もし人類が真に宇宙にも誇れる存在であれば、宇宙の知的生命体の方からコンタクトを取りたがるに違いない。人類がわざわざロケットに乗って、相手を探し出す必要はないのだ。

もし知的生命体がゴールデンレコードを見つけるまでに長い年月がかかり、地球の文明というものが滅びたとして――それはそれで構わないのである。むしろ、邂逅《かいこう》することのない知的生命体を探して、無駄なコストを掛けずに済んだと安堵出来る。ゴールデンレコードは、かつて存在した文明の墓標として、異星人のノスタルジーに寄与するのだ。

そういうわけで、無人宇宙探査およびゴールデンレコード計画は、セーガンの認めた、最も素晴らしく最も合理的な代物だった。彼は非合理的な飛行計画――割に合わないアポロ計画やら何やらを心底嫌っている。憎んでいると言ってもいい。人間と宇宙人が、手と手を取り合うところを本気で見たがっている民衆にも反吐《へど》が出るそうだ。

その反面、ゴールデンレコードのスマートなこと！

さて、問題はここからだった。

ゴールデンレコードに、自然の音を収録するのは分かる。各国の言語や音楽を収録するのもオーケイだ。

さて、次はどうする？

当然、収録の候補に挙がったのは写真だった。動画を載せるほどの容量は無い。だが、写真は？　画像があった方が、知的生命体が理解するのに役立つのではないか？　彼らに果たして視覚があるのかは分からないけれど！

ええ、そうですね、それでは画像を収録しましょう。そこでゴールデンレコード収録物選定に携わっていた人々は悩んだ。

一体、何の写真を載せる？

載せられるのは、精々一〇〇枚前後だろう。人類や地球の文化を伝える為に必要な写真とは一体何か？　これは確かに難問だった。目の前に広がる世界はあまりに広大で、切り取るのがあまりに難しい。

そこで、一人の男がこう言ったのだ。

「人類の生活や人間の営みを的確に伝える為には、市井《しせい》の人々が撮った写真が必要なのではないか。学者でも宇宙関係の人間でもない一般人からも写真を募り、ゴールデンレコードへの収録を検討しよう」

この男であるが、深く考えて発言したわけではなかった。彼はとにかく、会議でそれっぽいことを言うのに全力を傾けているような男で、意義やコストを度外視して斬新っぽい意見を言い、おまけに周りを納得させてしまう力があった。

まずい、と思ったセーガンが反論しようとした時にはもう遅く、会議に参加していた面々が次々に「人類を代表して宇宙に行くレコードなんだから」「平等の観点から見ても良いのではないか」「市井の人々の瑞々しく素朴な感性によって選ばれた写真がむしろ意味を持つ」とか言い始め、あれよあれよと言う間に決まった。

つまり、ゴールデンレコードの収録に相応しい写真を一般の人に持ち寄らせ、予選委員会で検討していくつかを載せるという、決定が下ったのだ。

これがセーガンを大いに落胆させた。何が市井の人々の瑞々しく素朴な感性だ。平等がなんだ。

ゴールデンレコードの話をする場で平等を追求するなら、もっと社会に根ざしたところに切り込め。そもそも、一般人を呼んでの会議を開くということは、それに伴う雑務と会議そのものが一日増えるわけで――。

だが結局、セーガンは黙ってこの屈辱を受け容れた。ここで反論すれば更に会議が長引くし、セーガン自身が寛容でなく、民間人に冷たい心無きインテリのように思われるからだ。

こうして今日、なるべく無作為に選ばれた市井の人々を招いてのゴールデンレコード収録物選定会議予選委員会が行われることになったのである。

＊

全く以て遺憾である。

半分以上残ったコーヒーカップを持ちながら、セーガンは憂鬱《ゆううつ》と使命感の入り混じった複雑な心境で、コーネル大学の会議室へと向かっていた。大切なゴールデンレコードに、つまらなく意義の無い私的な写真など載せるわけにはいかない。自分が人類の叡智の守り人として立ちはだかるのだ。

タクシーが予想以上に遅れたせいで、時間はギリギリだ。

行きたくないという気持ちが、ニューヨークの街に渋滞をもたらしたのかもしれない――と、SF作家のような想像力を働かせて廊下を曲がった瞬間、セーガンは巨大なリュックを背負った男とぶつかった。不味いコーヒーが宙を舞って落ち、廊下に黒いシミを作る。

「うわっ！」

「うひゃあ！」

つくづく最悪な日だ、とセーガンは思う。やはり、こんな会議を行うべきではないのだ。

「いやぁすいませんすいません、止まらない機関車ァ、ですねぇ」

奇妙な形《なり》をした薄汚い男だった。長い髪を輪ゴムで括り、ポニーテールのようにしている。顎から頬に掛けて細かい傷が付いているのを見るに、あまりひげを剃るのに慣れていないのだろう。そこまでしても剃り残しがある。分厚い眼鏡の奥にはまん丸な目があって、見つめると決まりが悪くなってくる。明らかに大人の風体なのに、まるで幼稚園児を前にしたような恐ろしさ……。服は何故か日本のキモノに、ぱりっとした白衣を合わせている。

「な……なんなんだお前は……」

「ええっ！　ぶつかったことを怒るよりも先にご挨拶とは、アメリカも挨拶を重んじる国なんですねえ！　ああっ、申し遅れました。僕ぁ御竈門《みかまど》玖水《きゆうすい》というものでして、いやあ、この度は記念すべきゴールデンレコード収録物選定会議予選委員会にご招待頂きまして、感謝感激雨霰《あられ》でございます、委員長殿」

拙《つたな》くて癖のある早口の英語で言われ、セーガンは目を剝いた。まさか、この男が？　委員会に？　一体どんな選考フローを踏んだらこうなるのだ。どう考えても――この男は、地球代表に相応しくない。

この男が選んだものをゴールデンレコードに収録すると、宇宙における人類の地位が著しく貶《おとし》められるのではないか――……そういう気持ちになった。

そこでセーガンは、この男の発言の違和感に気がついた。

「……待て、どういうことだ?」

「ああ、感謝感激雨霰というのは日本の慣用句でございまして。ベリベリサンキューってことなわけで――」

「そうじゃない。どうして私が委員長――カール・セーガンだと?」

人前には何度も立っているし、新聞やテレビに出る機会もある。だが歌手や俳優といった、いわゆるセレブリティなどではない。それなのに、確信に満ちた口調で話しかけてきたのだ。セーガンはまだ、名札すら付けていない。

「ああ、大したことじゃぁありませんよ」

玖水はへらっと笑って言った。

「委員長殿は外のお店のコーヒーを持ってらっしゃるでしょう。でもですね、僕らなんかの余所《よそ》者《もの》は、ここに入るのに持ち物検査なんかがあるんじゃないかと心配ですから、わざわざ取り上げられるようなものなんか持ってきませんよ。だから旦那は周囲に知られている人間、つまり委員長殿かなぁと。今回の会議は、委員長殿以外は一般人なんでしょう?」

話を聞いてしまえば他愛の無いことだが、明らかに愚鈍そうな玖水から鋭い洞察が上がってきたことに、衝撃を覚えた。

「……ああ、その通り。私はカール・セーガン。今回の会議を取り仕切ることになっている」

「いやぁ、光栄ですねえ。委員長殿は、素晴らしいお方だと聞いていますから。ええと……小説家であらせられましたっけ?」

「私は科学者だ」

セーガンは、間髪を容れずに答えた。実は今、セーガンは初めてのＳＦ小説を書こうと悪戦苦闘している最中だった。どんなことも玖水に見透かされているかのようで、なんだかとても薄気味が悪かった。

「ほうほうほう。失礼致しました、この世の賢者はみんな、創作者であると思っていたので」

「どんな偏った感性をしていたらそうなるのだ。いいか、今回の会議は、人類の代表として地球外生命体とコミュニケーションを図る為のメッセージを作成する集まりなんだぞ」

「ははぁ、存じ上げていますとも。だからこそ、僕みたいな偏った人材が選ばれたんだと思ってましたよ」

玖水は薄ら笑いを浮かべたまま言い、セーガンは改めてぞっとした。この男は――一体どういう男なのだろうか。

「ささ、参りましょう委員長殿。僕はもう、楽しみで楽しみでたまりませんでね！　宇宙人に、素晴らしい人類の宝を見せてやりませんと！」

玖水はスキップしながらセーガンに手を振った。重たそうな大きなリュックを背負って、よくもまああそこまで軽やかに動けるものだ。そもそも、あの荷物は何なのだ？

中身がこぼれて空になった紙コップを拾い上げながら、セーガンは玖水の後を追う形で会議室へと足を踏み入れた。

総勢十二人の予選委員会メンバーは、もう既に集まっていた。老若男女国籍問わず、本当に様々な人間が揃っている。こうして見ると、たしかにバランスが良く『人類の代表として宇宙人に向けたメッセージを公正に審議する』という目的には添っていた。

しかし、円卓でセーガンの隣に位置取る御竈門玖水だけは、セーガンの感覚にそぐわない、人類の代表にまるで相応しくない人物だった。玖水は、セーガンや他のメンバーの戸惑いの目に全く頓着せず、ニコニコと辺りを見回している。

「いや〜あ、いいですね。これこそ人類規模のプレゼン大会。僕は人に物を薦めるのが好きですが、薦められるのも好きでしてねえ。もし薦められなかったら『サインはV!』の良さは分からなかったでしょうから」

「君は一体何の話をしているんだ?」

「ええっ、もしや委員長殿はあの名作漫画をご存じない? 日本のバレーボールブームは、『アタックNo.1』とこの作品が生み出したんでございますよ。僕はアクション要素が多い『サインはV!』の方が好きでして」

「そうじゃないんだが……」

玖水と話していると、それこそ宇宙人と会話をしているような気分になってくる。今日がセーガンとのファーストコンタクトだ。周りはひそひそと何事かを囁《ささや》き合っているが、玖水の異様さに押されているようで、何も言えないでいる。どうにかして、彼の異様さを薄めなければならない。

「折角だから、御竈門くんから始めたまえ」

セーガンがそう促すと、玖水はパアッと表情を明るくして、大きなリュックをドン!と机に置いた。

「それでは始めさせて頂きます！　生まれは北の北海道！　日本の素晴らしい漫画をアメリカに広め、アメリカでは、げに素晴らしきアメコミを収集して日本に広めている、生粋の漫画好き！　もっちろん小説も映画も大好きな、御竈門玖水と申します！」

いろいろと言っているが、つまり玖水の仕事というのは漫画のブローカーのようだった。だとしたら一応、適任と言えなくもない。少なくとも、文化には詳しいわけだ。それなのに、嫌な胸騒ぎが止まらない。

セーガンの期待を裏切らず、玖水は叫んだ。

「僕が推したいのは『リボンの騎士』……いや、手塚治虫作品そのものですっ！」

興奮からか、声が裏返っている。その手には、リボンの付いた帽子をかぶった目の大きな少女が表紙の本――……漫画？があった。セーガンもなんとなく知ってはいた。

「この『リボンの騎士』はですね、元々は少女漫画として、女の子向けの漫画雑誌に連載されていたものなんですが、これがまあ〜〜大人の男が読んでも面白く、老若男女が楽しめる傑作なんでございますよ。ということは、海を越えたアメリカの皆様にも、なんなら地球を越えて宇宙人にも楽しんでもらえる一冊というわけでね、へ、へ、へ、このねえ、主人公のサファイアがとんでもなく魅力的で」

よくもまあこんなに舌が回るものだ、とセーガンは慄《おのの》いた。相変わらず癖の強い早口の英語で、半分以上何を言っているかわからない。そもそも『ゴールデンレコードに収録するべき人類の代表となる写真』を持ってくる会議だというのに、漫画本を持って来ている時点でおかしい。

なおもペラペラと話し続けている玖水に向かって、セーガンはなんとか口を挟んだ。

「待て。ゴールデンレコードには、人類規模で見て地球外知的生命体に伝えるべき人類の情報を収録するのであって、決して個人が私利私欲で好きなものを押しつけるものではなく——」

「手塚治虫は宇宙に誇るべき存在でしょぉおおがっ！」

急に大声を出され、セーガンは思わず怯《ひる》んだ。さっきまで、ニコニコと上機嫌で話していたというのに、いきなり立ち上がって怒鳴るなんて、あまりにも情緒が不安定すぎやしないだろうか。

「はあ、はあ、わかりますよ。手塚治虫の他にも、素晴らしい漫画家はいますとも。僕だって石森章太郎の『サイボーグ００９』より面白い漫画は、この世に無いって思うような夜もありましたよ。でも、やっぱり手塚治虫を宇宙に行かせないってのは、それは話が違うでしょうよ」

「話が一番違うのは君だろう……」

「何が違うものですか！　人類の文化を伝えるという使命に基づき、僕ぁ真剣に訴えているわけで」

「まあ待ちなさい」

ヒートアップする玖水を押し留め、セーガンはなんとか言った。

「まずだね、その……手塚治虫は、何枚あるんだ」

「何枚っていうと、ページですか？　ええと、リボンの騎士は全三巻で——」

本をぱらぱらと捲《めく》りながら玖水が答える。チャンスだ、とセーガンは思った。この一瞬の隙を見逃さずに続ける。

「ゴールデンレコードには決められた容量がある。『リボンの騎士』の全ページを収録したら、恐らくそれでいっぱいいっぱいだろう」

「それの何がいけないんです？」

恐ろしいことに、玖水はしれっとした表情でそう答えた。こいつはゴールデンレコードを破壊しに来た悪魔に違いない、とセーガンは思った。

「それこそ、君が最も深く問題を理解しているんじゃないのかな。ゴールデンレコードには『リボンの騎士』しか載せられない。他の漫画は入らないんだ。そうしたら、君の愛する他の漫画達はどうなるかな」

玖水がハッとした表情を見せた。そして、リュックの中に詰められていた他の漫画本——『ジャングル大帝』や『怪物くん』を取り出して涙ぐむ。

「僕は……なんてことを……」

「わかってくれたならそれでいい。ゴールデンレコードと漫画はとても相性が悪いんだ」

うう……と呻き声を漏らしながら、玖水は着席した。この短い間に、セーガンは学んでいた。異星人とコンタクトを取りたいのであれば、異星人の言語を用いなくてはいけないのだ——と。

玖水が静かになったので、セーガンは心の底から安心した。これで、しっかりと会議を進めることが出来る。

「それでは、御竈門くんの隣に座っているご婦人、どうぞ」

可哀想に、さっきから玖水に怯えきっていた女性だ。歳の頃は五十くらいだろう。髪に白いものが混じっているものの、綺麗な赤毛に青色の目が印象的だ。

「ええ、はい……私はパークアベニューに住んでいるマデリン・ホワイト。今回はこのような機会を頂けてとても光栄に思っているわ。私、アポロ計画がとても好きなのよ。人類の一員として、ゴールデンレコードに貢献したいと思ってるわ」

遠慮がちだが、とてもはっきりした態度だった。彼女は立ち上がり、一枚の写真を取り出した。

「私が、ゴールデンレコードの収録物に推薦したい写真です」

その写真は、赤毛に緑の目の子供が室内ブランコに乗りながら、ピースをしている写真だった。歳の頃は七歳くらいだろう。子供の右頬と、右の二の腕から手首までにかけて火傷の痕《あと》があるが、満面の笑みがそれを気にならなくしている。

「これは何ですか？」

「この子は、昨年のニューヨークのデパート火災で火傷を負った子供です。彼は半死半生の状態に陥りましたが、奇跡的にここまで回復しました」

説明を聞き、セーガンは言葉を詰まらせた。昨年のその火災については新聞で読んでいたし、テレビでも大きく報じていた。死傷者が多数出たと聞いているが——この子はその被害者だったというのか。

「火災から生還した奇跡の子供として、近所で有名な子です。ゴールデンレコードに収録すべき写真として、まず最初に考えました。その子の親御さんに写真を譲ってもらったんです」

たしかに、この一枚にはそれだけの価値がある。生命の尊さ。苦難を乗り越えた幼き命。そして弾けるような笑顔。

あざとい写真はあまり好きではないセーガンだったが、子供という人類共通の宝をゴールデンレコードに収録すること自体に意義があるのではないかと思ったのである。

……これ、採用でいいのではないか？　少なくとも、ここから先の選定会議に推薦して然るべきなのではないだろうか。セーガンは当初の気の進まなさを忘れ、そんなことを思った。火傷の子を思い浮かべているのか、マデリンの目には涙が浮かんでいる。

御竈門玖水が口を挟んだのはその時だった。

「これ、いつ撮られた写真ですか？　火傷の治り具合からして、火災から半年後くらい？　てことは、今から半年前か。ははははぁ、わかりにくいこと言っちゃいました。すいません」

なんとまあ、空気の読めない質問だろうか。この会議全体に流れている感動と、しんみりした空気が伝わっていないのか？　おまけに、玖水は別に委員長でもなんでもないのである。質問はセーガンの役目だ。

だが、こういった会議に慣れていないであろうマデリンは、玖水の勢いに押されたのか「その通りです。たしか、その辺りだったかと」と律儀に答えた。

その瞬間、玖水の目がぎらりと凶暴な光を宿したように見えた。

「ンン……ホワイトさん。気持ちはよお〜く分かりますよ。それ、ゴールデンレコードに載せたいですよね。でも、嘘はいけません、嘘は。これ、一ヶ月前に撮られた写真ですよ」

まったく、一体何を言い出すのだ。嘘？　この善良そうな婦人が嘘を？

案の定、マデリンは顔を赤くして反論してきた。

「言いがかりです。どうしてそんな難癖をつけるんです？　この写真は、半年前に撮られたものですよ。貴方は写真を見ただけで、撮られた日付が分かるの？」

「いやあ、漫画みたいに一々『半年前』とか『一ヶ月前』とか注釈を付けてくれたらいいんですけどねえ、現実ではそんなものないでしょう？　でも、この子の服に注目してもらえるとね。半袖でしょう？　半年前じゃあ一月ですよ。流石に寒すぎるでしょうよ」

　セーガンも気がついた。腕の広範囲に渡る火傷の痕だけが気になって、それだけに注目していた。今は七月。二年後にボイジャーの出発を控えた大事な夏である。

「……写真を撮った時期を間違えただけでそんなに言われるなんて、ここに来たことを後悔するわ」

「いやいや、半年と一ヶ月は間違えないでしょうよ。それで、この室内も曲者《くせもの》なんですよ。窓の外が暗いんですねえ。ニューヨークは、六月の初旬から半ばにかけてたっぷり雨が降るところですから、外は暗くなりがちですよね……ってことは先月でしょう！」

　玖水は、けらけらと笑いながら容赦無くマデリンを断り捨てていく。さらに玖水は言った。

「っていうかこれ、あなたのお子さんですよね。ゴールデンレコードに、こんな個人的な写真を入れるのはどうかなあ。その為に嘘まで吐いちゃってるんだから、油断ならないねえ」

　どんどん話が進んでいって、セーガンはついていけなかった。

「譲ってもらった写真なのに『撮った時期』って言っちゃってるのもそうですし、外が暗いせいで、反射してガラスに女性が写ってる。これ、写真を画像情報《データ》に起こす時にちょいと綺麗にしたら、女性があなただってわかりそうなもんですからねえ。いい笑顔だから使いたかったんでしょうが、自分が写り込んでないものを選んだ方がいいですよ」

「画像情報にすると、そんなこともわかるんですか？」

　マデリンが焦った様子で尋ねてくる。たしかに多少綺麗になるだろうが、玖水の言うほど鮮明になるかは分からない。玖水の言っていることは、思い込みか、もしくはハッタリだろう。

案の定、玖水は得意げにまくし立てる。

「日本のアニメもねえ、年を経るごとに映像が綺麗になっていくのはモチロンなんですが、昔のアニメを綺麗にする技術の発展にも、目を見張るものがありましてね！　いやぁ『鉄人28号』は再放送で見ると、あれまあ綺麗なんですよ。十年以上前のアニメなのにね。未来ではもっと綺麗になるに違いないですね」

「ホワイトさん……あなたは嘘を吐いたんですか？」

セーガンは落胆しながら訊いた。

「すみません！　その……火傷も火災でついたものではなく、台所で遊んでいてオーブンに……傷が残ったのがあんまり不憫《ふびん》だったものですから、せめてゴールデンレコードに収録して頂けないかと。ですが、ただの写真じゃあ採用されないでしょうから、昨年の火災に絡めたら、同情を頂けるのではないかと思いまして」

マデリン・ホワイトは、しょんぼりと肩を落としながら言った。動機は分からなくもないが、この大切なゴールデンレコード収録物選定会議予選委員会で、マデリンは嘘を吐いたのだ。当然、嘘を吐いた人間の写真を収録することは出来ない。

「マデリン。この写真はとても良い写真だ。私はこの子の笑顔を見られてよかったと思う。この子の名前は？」

「コニー……コニー・ホワイトです」

「彼にも良い笑顔だと伝えてくれ」

セーガンが言うと、マデリンは笑顔を見せてしずしずと着席した。

玖水にマデリンときて、セーガンはどっと疲れた。近年の宇宙への関心から、嘘を吐いてまでゴールデンレコードに我が子の写真を収録してほしいと思う人間が出てくるなんて……。

と、その時――。

「それじゃあ、マデリンさんの隣にいらっしゃるスーツの方、どうぞ」

玖水が声を張り上げた。

マデリンの野望を打ち砕いた玖水が、なんだか妙に生き生きとしてセーガンの代わりにプレゼンターを指名している。これは由々しき事態だ。

だが、セーガンが何かを言う前に、男が立ち上がった。

「私はニューヨーク生まれニューヨーク育ち、生粋のニューヨーカー、レオン・フェニックスと申します」

獅子と不死鳥の名を冠する通り、見るからに雄々しく立派な男だった。それこそ金髪がライオンのたてがみのようになっており、遠目から見ても目立つだろうという風貌をしている。

「こう見えても、私はバリバリのビジネスマンをやらせて頂いていまして。そういった経験なども元にご提案させて頂ければと」

どう見てもビジネスマンのような格好をしながら、レオンは真面目な顔で写真を取り出した。

それは、セーガンにも馴染み深い光景を写したものだった。

「これは……ボウリングか」

「その通りです」

レオンがにっこりと爽やかな笑顔を浮かべて言う。

「これは我が社で行われたボウリング大会の様子です。ええ、写っているのが社員達であることは当然隠しませんとも！　嘘も隠し事もいけませんからね。ただ、ここで重要なのはボウリング、ボウリングの方なのです！」

写真に写っているのは、スーツを着ている男性達だ。六、七、……それ以上の、結構な人数がいる。レーンの方を向いているものや、後ろ向きでシューズを履いているもの、楽しそうにコーラを呷《あお》っているもの……。みんながジャケットを脱いでシャツの袖を捲り上げ、ネクタイや腕時計を着けたままボウリングに熱中している。そして今、まさにボールを投げようとしているのは目の前にいるレオン・フェニックスだった。……多少の作為は感じるものの、別に無理矢理自分が目立とうとしているわけでもないので許容範囲だろう。

仲の良い社員達が終業後――写真からは時間が分からないので、終業後なのか定かではないが――楽しくボウリングに興じているというのは『人類の文化』として正しい気がする。セーガンは、自分の心が和むのを感じた。

つくづく、ニューヨーカーというのはボウリングが好きなのだと思う。何を隠そう近代ボウリングの基礎は、十七世紀のマンハッタンで築かれたのだ。アメリカに来たばかりの人々が、新天地でボウリングに親しむ姿を想像すると、えも言われぬ気持ちになる。ゴールデンレコードの中身が、アメリカおよびニューヨークに少し寄りすぎている気もするが、ボウリングはアメリカだけでなく日本でも人気があるという。いや、それどころか世界中で……ならば、極めて世界的にメジャーな遊びとして収録するのはアリなのではないか。

隣で、ウウウンといびきに似た唸り声が聞こえた。……声の主は、玖水である。

「……何か言いたいことがあるならはっきり言え」

「ウウウン、なんというか、難しいんでございますよ委員長殿。僕もね、結構ボウリング好き好きマンですから、ボウリングの写真をゴールデンレコードに収録するのはいいと思うんですけれどもね」

「じゃあ何が引っかかるんだ」と、半分イライラしながらセーガンは尋ねる。

「いい写真ですよ。みんなで楽しくボウリングって、風景が既にノスタルジックですし。でも、委員長殿がちゃんと仰っていたでしょう？　ここは私利私欲によってゴールデンレコードにものを収めてはいけないんですって。だとすると、あんまり自分の会社の宣伝をするのは……」

レオンの顔色が変わった。

「まさか、彼のやっている会社とは……ボウリング場の経営会社なのか？」

「いやあ、そうじゃないですよ。そうだとしたら、逆に宣伝にならなそうですしねえ。こいつを見てボウリングに行きたくなる人はいても、このボウリング場に行きたくてたまらなくなる人って、そうそういないでしょうよ。このボウリング場じゃなくて、ボウリング自体は流行るかもしれませんけどねえ。だから、別の会社だと思いますよ」

そう言って、玖水は写真のとある一点を指し示した。

社員達が着けている腕時計だった。

「僕ぁ、これ見てなーんか妙だなって思ったんですよ。彼らは仕事着のままボウリングに来ているわけですから、当然みんな腕時計を巻いています。なのに、誰一人として腕時計の文字盤がカメラの方を向いてないんですよ。これだけの人間がいろんなことしてるのにね。後ろ向いてるやつも前向いてるやつもいるんだから、へへ、どっかは文字盤がこっち向きますよ」

そうだ、それについては、他ならぬセーガンも思っていたことだった。この写真を見ても、時間がわからなかった。誰か一人でも文字盤が見えていれば見逃すはずがない。人間は求めている情報に対し、貪欲に目を向けるものだからだ。

「フェニックスさん、オタクはこの腕時計を作ってる会社の社長さんなんじゃないですか？　ぜえったいそうでしょう！」

レオンの返答を待たずに、玖水が続けた。

「多分、この写真はフェニックスさんが予選委員会に招聘《しょうへい》されるって決まってから、綿密な計画の下に撮られたものなんでしょうね。ゴールデンレコードの収録物は、決定後に公開されることになっていますから、さぞかし宣伝効果があるでしょうよ。だからこそ、僕もね、虫プロ応援の為にも！　アニメの作りすぎで経営が傾きまくっている虫プロの為にも!!　宣伝してあげたかったわけでして」

最後だけやたら熱を入れつつ、玖水はなおも話し続ける。

「というわけで、あざとくない宣伝を目指したわけですね。予選委員会のメンバーである我々、ひいては本選考に携わる皆々様をスルーして、まんまとボイジャー号に搭載した後に、実はあれ宣伝だったんでございますよと開陳出来るような、さりげな〜いものをね。で、完成したのが、社員みんなが同じ腕時計を着けてボウリングに興じるこの写真ですよ。まあ、言ってしまえば腕時計のベルトの部分なんて多分あんまり違いが無いでしょうよ。文字盤には、フェニックスさんのブランドロゴなんかがバァ〜ンと入っているんでしょうけども、ベルトしか写ってないから、同じ腕時計着けてるって気づかなかったでしょ、ね、だから時計を裏っ返してるわけでね。でも、実際ゴールデンレコードに載せて既成事実を作って『人類代表の腕時計』なんて言って売り出したら、文字盤が見えなくても売れまくりハネまくりですわ」

そこで玖水は、ぜいぜい言いながら言葉を切った。ここまでの長台詞になると、この男でも息切れを起こすのだ、というのがセーガンには少し面白かった。玖水は、どこで手に入るのかも分からないピンク色の水筒を取り出して一口飲み、呼吸を整えてからレオンに向き直った。

「選定会議の趣旨をちゃんと理解していたオタクは、あまりにはっきり私欲が出てるものは採用されないと踏んだ。そこで、搦《から》め手《て》を使ったんでしょうよ。どうです?」

すると、レオンは毒気を抜かれたようになって、ふっと笑った。

「ええ、そうです。私は自分で言うのもなんですが、新進気鋭の時計メーカーを経営しておりまして、ビジネスマン向けに、安くて軽くて見やすくて使いやすい時計を作っています。いやあ、惜しかったな。キャッチコピーも考えてあったんですよ。『あなたの職場も宇宙になる』とか」

「いやあ、『とらたぬ』ほど楽しいものもないですからね。というかこの国にも『とらたぬ』って言葉あるんですかねえ? 狸は日本にしかいないって聞いたことがありますから、もっとメジャーな動物なんですかね。ンー、狐とか鹿とかになるのかなあ。そうそうそう僕もね、もしゴールデンレコードに手塚治虫を載せられたら、それを元にハリウッドにメルモちゃんを持ち込もうと思ってましてね、いやァ、どんな風にメルモの実写をやろうかだけを考えて、ワクワクしてたってのに」

ワクワクしているんじゃない、とセーガンは思う。一体玖水は何を考えているのだろうか。不気味で理解が出来ないが、ここまできて、この男の存在が会議に役立っているのは確かだった。彼がいなければ、ゴールデンレコードの価値は大きく変わっていただろう。

「残念だが、そういった宣伝の意図がある写真をゴールデンレコードに収録することは出来ない」

「わかりました。納得してます。その代わり、ミスター御竈門にはご贔屓頂きたいね。フェニックスクロックの新作は、ニューヨークのあちこちで売ってるからさ」

「そうやって良い話風にして、そっちだけ布教しようとして〜って、そういうのダメですよ！」

レオンが再び複雑そうな表情になる。玖水はどうしてこうも余計なことを言うのか、逆に気になってくる。

これで玖水も少しは落ち着くかと思いきや、そういうことにもならなかった。続くシン・アミルの持ち込んだ写真も、担任の教師の名誉を故意に傷つけようとしているものだと明かされたし、クロエ・フランソワの飼っている犬は他人から盗んだものだった。それらを見破ったのは玖水だった。

一方で、頑なに本名ではなく、偽名として使われることも多いジョン・スミスと名乗った青年の出した写真はすんなり通した。スーパーマーケットでスナック菓子を食べながら、こっちを見ている黒髪の女性の写真だ。手前には買い物カゴが写っており、女性自体はチャーミングなものの、何を意図したものなのか全くわからない。

だが、玖水はそれをじっと見つめた後、いい写真ですねえとだけ言った。そこから何も言わないので、セーガンの方が戸惑ってしまうほどだった。

困ったことに、セーガンもその写真のことは気に入ってしまっていた。構図といいモデルといい、なんだか妙に惹かれるものがある。他のメンバーも何故かほんのりと気に入り、それはそのまま本選に回されることとなった。

今まで採用を却下され続けてきたので、少しくらいは通していいかという気持ちだった。

こんな風に、玖水はかなり好き放題だった。

他の予選委員会メンバーが推薦した写真を、論理的であるがバッサバッサと斬り捨てていく玖水を見る度、セーガンは恐ろしくなった。……この男は、多分私怨でもって、他の人間の足を引っぱっているのだ。だが、その洞察力は間違いなくこの会議に貢献していることでもあって——。

結果、セーガンは玖水を部屋から追い出さずに、黙ってその舌鋒の行く末を見守ることにした。

更なる後続、中国から来た陶浩然《とうこうぜん》なんかは、セーガンではなく最初から玖水の方を見て話していた。

「君みたいに漫画という絵物語がありなんだったら、こっちは三国志と水滸伝を出せばよかった。愛好家も多く、既に世界中で知られている」

浩然の言葉を聞いて、セーガンは頭を抱えた。ゴールデンレコードにそんな容量は無い。

「いいですねえ！　僕ぁ三国志も水滸伝もだぁい好きなんですよ！　だとしたら、七一年に始まった横山光輝の漫画、『三国志』はいかがです？　『希望の友』で連載されていると思いきや、これがマアいいんですよ。素晴らしくって、日本人が三国志を読むってなったら横山三国志からってことになるんじゃないかと睨んでますねえ」

「それは完結しているのか？」と、セーガンは思わず別の角度から突っ込んでしまった。

「いやぁ、四年前に始まっていますが三国志ですよ？　今年完結するはずないでしょうが。まったく、委員長殿は小説と違って漫画がポンポン出来ると思っていらっしゃる」

「小説だって、ポンポン出来るものじゃないだろう！」

今、悪戦苦闘している小説のことを思って、セーガンはきもち強めに言ってしまった。玖水も浩然も目を丸くしてこちらを見つめている。仕切り直しの為に軽く咳払いをすると、浩然が写真を取り出した。

「ところで、私が出したいのはこれですよ」

——パンダ！

実物を見たことはないが、白と黒で色分けをされた熊に似た珍獣だということは知っている。写真で見ても可愛らしく、とてつもなく愛らしい。見ているだけで、幸せな気持ちになってくる。これは流石に収録していいだろうと思ったのだが、玖水はあっさり言った。

「これは多分ニセモノのパンダですよ。パンダ自体は愛らしいですし、是非とも地球外生命体に知ってもらいたいですが、何分ニセモノではねえ」

「ええっ!?」

「パンダの尻尾は黒いんですかねえ。僕が上野動物園で見た時は、白かった気がするんですよ」

聞けば日本には、三年前に本物のパンダが来たらしかった。

「その時にわざわざ帰国して、数時間並んで見たんですよねえ。いやはや、日中の国交が正常化していてよかったですよ」

「こちらとしてもそれは思う」

へへへ、と顔を見合わせて玖水と浩然が笑った。ゴールデンレコードがこんなささやかな交流のきっかけになるのか、とセーガンは二人の握手を眺める。

その後、そもそも写真を持ってこないで会議に参加したエジプトのM・Kなる若者を速やかに追い出し、ピンボケした家族写真を持って来て「写真はボケるものだと伝えたい」と言ってきたイタリアの老婆、ナタリア・アルトゥーロに少し感銘を受け、会議はスムーズに進行していった。未だにスーパーマーケットの女性以外の写真は採用されていなかったが、むしろ、あの一枚があるだけ良いような気持ちにもなっていた。世の中のどれほどの会議で、同じだけの成果が出せるだろう？

次に控えていたのは、若い女性だった。恥ずかしがりなのか、目を伏せては所在なげに微笑む。茶色の巻き毛とそばかすがよく似合っていた。

「ジョアンヌ・ルラパッタです。二十一歳で、郵便局で働いています」

彼女が出してきたのは、何の変哲もないビーチの風景写真だった。張ったロープに縞模様のタオルが掛けられている。立てられたパラソルの下にはスポンジ状のマットが敷いてあった。マットにはいくつか水滴らしきシミがついているが、ほぼ目立たない。人が写っていないので、問題となることはない。だが……どことなく扇情的にも思われた。

「いい写真じゃないか」

玖水が言った。

「私の大好きなビーチなんです。フロリダにあって……」

と彼女が話した瞬間、何故か玖水はニヤリと笑った。

「ちなみにその……この写真撮った時って海に入った後ですか？　どのくらいビーチに滞在してたんです？」

「海にはもう入った後です。入ったらマットに座って休んでを繰り返して……二時間少しくらい経った時でしょうか」

ジョアンヌはハキハキと答える。すると、その態度とは対照的に玖水はもじもじとし始めた。

「なんだ、良い写真じゃないのか」

セーガンが言うと、玖水は何とも言えないといった顔をして言った。

「たしかにいい写真ですがねえ、ンン、でもまあ……人類が地球外生命体に見せたいってもんですもんね……これは確かに、むしろいいンじゃ……そうかあ、たしかに……」

玖水は突然、えへへ……と気味の悪い笑い声を立て、左右に揺れ始めた。セーガンにはさっぱり意味が分からない上に、不快だった。

「御竈門くん。この写真に何か言いたいことがあるのなら、はっきりと言いたまえ」

「えっ、委員長殿、まさかお気づきにならないんです？　ああ、たしかに委員長殿にはあまりご縁の無さそうなところですからねえ。いやはや、ハハハ……」

「訳知り顔で勿体ぶるんじゃない。たたき出すぞ」

セーガンが厳しい顔で言うと、ようやく玖水が姿勢を正した。

「じゃあ申し上げます。委員長殿、ここはですね……ヌーディストビーチですよ。そんなところの写真でも大丈夫なんですか？　もちろん、委員長殿がよろしければ一向に構わんのですが」

「待て待て待て、ヌ……ヌーディストビーチとは一体ど……どういう……」

「あなた、そういうことに詳しいんですか？」

写真を持ち込んだジョアンヌが少し顔を赤らめながら言った。玖水は「いやいや」と首を振りながら答える。

「ヌーディストビーチの存在自体は存じ上げていますがね、流石にアメリカのどこそこがそうっていう知識はありませんよ。でもね、存在を知ってたらそうじゃないかと。いや、そうでしかないと思ってしまったわけでして」

「どうしてだ」

「いやね、この写真なんですけどもね」

玖水が指差したのは、スポンジ状のマットレスだった。

「これ、水に濡れているように見えないでしょう。少し水滴がついているくらいで」

「それがどうかしたか」

「人間の肌は水はけがいいんですよ。タオルで拭けばすぐ乾くでしょう。でも、水着はそうじゃない。水着ってのは、タオルで拭いてもすぐには水分が取れないものなんですよぉ。だから……はは、こ、い、こーんな素材のマ、ッ、ト、に水着で座ったら、たとえタオルで拭いてもしっかりお尻の跡がついていてしまうわけで」

セーガンは呆気にとられた。この男は一体何を話しているのだ？という気持ちと、たしかにその通りだと納得する気持ちで、引き裂かれてしまいそうだった。

「それで気づいたんですけども、この時のジョアンヌさんって水着を着てないんじゃないかってね。というか、海に入った後に座っているのにまるで濡れてないんだから、もしかしなくとも、同行者の方も同じ状態だったんじゃないかって」

さっきから玖水がもじもじしていた理由はこれなのだ。反対に、ジョアンヌは急に人が変わったかのようにはっきりと言った。

「ヌーディスト達は平和の象徴です。これこそ宇宙に誇れる人類の文化ですとも。宇宙人が服を着ているかは知りませんが、彼らにもこの文化を知って頂きたいのです」

「君の気持ちはよく分かったが……駄目なんだ……裸関連のものは……」

セーガンはそう言うしかなかった。

「どうしてですか！」

「この計画と同じような意図でパイオニア10号・11号という惑星探査機に記録用金属板を積んだことがあったんだが……そこに裸の男女を描いたら、それはもう不純だって怒られに怒られて……」

「なんですかその的外れな批判は！　種として最も大切なのは、生殖に関する情報なのでは？でもまあ、理由があるならやむを得ません」

ジョアンヌは冷静に引き下がってくれたが、セーガンはまたどっと疲れた。

まさかヌーディストビーチなんていう伏兵がくるとは……。

もし玖水が気づかなかったら、パイオニアの時と同じように批判され、全ての責任はセーガンが背負うことになっただろう。考えたくない結果だ……。

だがこの委員会だけで、この広いアメリカ、あるいは世界の知識を網羅することは出来ない。

ということは、またヌーディストビーチなりヌーディストファームなりヌーディストパークなりに当たる可能性もあるわけで……。

「こ、この中に裸関連のものを持って来た人は？」

セーガンは苦々しい思いで訊ねた。すると、カール・エンリケが手を挙げ、上半身裸の男女のギリシャ彫刻が並んだ展示室の写真を出してきた。判断に困ったが、一応、本選考に回すことにした。同じように手を挙げたイギリスのメリ・トムは、自身のヌード写真であったので当然ながら駄目だった。遥か光年先の地球外生命体に、自分のヌードを見られるのは恥ずかしくないのだろうかと思ったが、逆に地球外生命体に見られて、何が恥ずかしいというのか。セーガンは自分でもわからなくなってきた。けれど、NASAからクレームがくるから裸関連は軒並み駄目だ。

「ヌーディストビーチとは、なかなかイカした写真を持ってきたな。何しろ、これが出てきたことで、こっからは風景写真が何らかの不適切な場所かもしれないって疑わなくちゃならない。熱くなってきたな」

そう話に入ってきたのは、ニヒルな笑みを浮かべた四十代くらいの男だった。頬に大きな傷痕があり、ただならぬ雰囲気を纏っている。見たところの印象でいうと、彼は裸関連の写真を持ち込むような手合いには見えない。しかし、それはあくまで印象で、本当はそういうものを持ち込むタイプの人間かもしれない。

「熱くなってはきていない。冷静な提案を求めている」

セーガンは言った。

「だが、駆け引きの妙があるよな。こっちは写真をゴールデンレコードに収録したい。そっちは文句をつけて収録したくない。ここの対立構造がある」

「むしろここまで却下が多いと、真面目に仕事をしていないんじゃないかと疑われてしまうから、通過もさせたいんだが……」

セーガンは心の底から口にした。別に文句をつけたいわけじゃない。メンバーが正直に言わないから困っているだけだ。いや、正直に言われたところで、通過させるのが困難な写真ばかりが集まっているのも事実だけれども……。セーガンはそんな思いを込めながら、男を見つめる。

「俺はイル・マッシェコ。アラスカ出身だ。さっき話題になったボウリングの発祥の地だ。よろしくな、委員長。それと――」

マッシェコが玖水の方を向く。そしてニヒルに笑った。

「よろしくな、ミスター・シャーロック・ホームズ」

「ワトソンもいない状態で、ホームズを名乗るのは流石に気恥ずかしいものがあるのですが――……よろしくお願いします」

玖水が深々と頭を下げる。いかにも日本人らしい礼を尽くした仕草だが、まるで決闘の始まりのようでもある。正直、冗談じゃなかった。もっと穏当かつ真面目に、人類の為になるものをゴールデンレコードに収録したい。

「さて、俺が収録したい写真はこれだ」

マッシェコが出してきたのは、思いもよらない写真だった。

ある意味で、ゴールデンレコードに収録するのにこんなに相応しい『地球の象徴』もない。この星だから生まれ、この星だから見られる天体現象。

皆既日食の写真だった。

余計なものは、ほぼ写っていない。太陽の三分の一がただ消えた写真である。けれど、光の輪といいその揺らめきといい、これが単なるフェイク写真じゃなく、本物の皆既日食の写真であることは一目瞭然だった。余計なものがないから、嘘や私利私欲といった、いかがわしさなんかは入り込む余地がない。

挑発する必要が無いくらい、真っ当なゴールデンレコード収録物候補だ。

「撮影はどこで？　まさか乱交パーティーなんかじゃないだろうな」

「すっかりトラウマみたいだな、委員長。問題無い。アラスカのフェアバンクスだ。これは弟が撮影したもんでな、撮影日誌をつけてたから場所もわかる。モチロン、ヌーディスト原野なんかじゃない」

「一昨昨年《さきおととし》の七月十日の日食ですね。僕がアメリカに来たばかりの時に起こったやつです。いやはや、懐かしいですね」

玖水に言われ、セーガンも思い出した。あれは一大イベントで、セーガンもわざわざカナダの方まで見に行ったのだった。

「正確な場所が分かるのか」

「ああ。だから、不適切な場所じゃないか、しっかり調査を入れられる」

まるで先手を打つかのように、マッシェコが言った。

「さっき思ったんだよ。不適切な場所なのかそうじゃないのかは、全部調査を入れりゃいいってな。そうしたら、ヌーディストビーチかどうかだって、その調査で判明してたわけだ。大切なゴールデンレコードなんだから、そのくらい精査すべきなんじゃないのかい」

まるで台本でも読んでいるかのように、淀みなく彼が言う。玖水がいなければＮＡＳＡに怒られていただろうセーガンは、一般人であるマッシェコの意見にぐうの音も出なかった。正しい。正しすぎる。大切なゴールデンレコードを守る為には、そのくらいしなくてはいけないのだ。

「そうだな。ならこの写真が予選委員会を通過した際には予算と人員を割《さ》き、しっかりと調査を入れることにしよう」

後手に回り、マッシェコに誘導されたような形になったのはものの、セーガンははっきりそう宣言した。

「そうしてくれ。弟も喜ぶだろ。楽しみだな。ここはきっと観光地として有名になる。なんたって、ボイジャーのゴールデンレコードに入るんだからな」

「まだ決まったわけじゃない」

そうセーガンは言ったものの、予選委員会はもちろん、本選考の一次くらいは軽く突破する写真だと思った。何しろ、ゴールデンレコードに相応しい題材だから。

惜しむらくは、完全に皆既日食の瞬間を捉えているわけじゃないところだが、ＮＡＳＡ関連の人間ではない一般人が撮った日食は、市井の人々の天体イベントへの向き合い方として、恰好のサンプルになるだろう。

もし地球外生命体の気持ちを勝手に想像しても構わないならば、なかなか嬉しいことじゃないだろうか。人類はこんなにも空に関心が深いのである、と伝わることは。

玖水はといえば、顎に手を当てたままじっと写真を見つめていた。ややあって、口を開く。

「ちなみに弟さんはカメラマンで？」

「ああ、その通りだ。なかなかの腕前だろ」

その答えはセーガンを少し落胆させた。本当に仕事にも噛んでいない、普通の人の写真の方が趣旨に合っているからだ。だが、そんなことは些細な問題である。これは通過で良いだろうと言おうとした瞬間、玖水が再び口を開いた。

「これを申し上げるのは野暮かもしれませんがね。マッシェコさん。これ――殺人現場ですよね。地球外生命体に見せるには、ちょいと身内の恥がすぎるじゃあないですか」

――一体、こいつはどこまでとんでもないんだ？

動揺しているセーガンを余所に、マッシェコはまるで動じていなかった。さっきと同じ余裕の笑みを浮かべ、呟く。

「……何を言い出すかと思えば」

玖水が一気にまくしたてる。

「かなり味のある写真ですとも。皆既日食ってのは珍しいですからね。これこそゴールデンレコードに相応しいかもしれません。何しろ宇宙には無い現象、太陽系の特産品ですから、へへ、僕ぁ『火の鳥』も太陽系でしか生まれない漫画だと思ってる、人類の特産品だと思ってるんですけども。人間が人間ってものにえらく興味があるって、あの作品自体と作品の読者が証明してくれてるでしょう。アァ、脱線してしまいましたね、ええと、つまり『火の鳥』は不死鳥が面白くて読まれてるってよりは、不死鳥に翻弄される人間の姿を見たくて読んでるんだな」

「生憎と、アンタの言う『火の鳥』ってのを読んだことがないんでね。その口振りからすると、聖書みたいなもんなのかい」

「僕にとってはそりゃァ聖書ですけども！　いやいや、僕はどうも話が下手で参ります。あのですね、オタクもそうなんじゃないかと思ったんですよ。ゴールデンレコードそのものより、収録物の調査の方に主眼が置かれているんじゃないかって……」

そう指摘されて、マッシェコの表情が変わった。同時に、セーガンも玖水が何を言わんとしているかを知ることになった。ゴールデンレコードに入ることが目的じゃない。けれど、ゴールデンレコード収録物選定会議予選委員会に写真を提出した。

その目的は一つしかない。

玖水は、写真を手にした。

「この写真、不思議なんですよねえ。研究機関の天文台が撮ったんじゃなく、一個人が撮ったのにまんまるい太陽が真っ正面から写ってて、周りに余計なもんが一切入ってない。普通、こんな風に真正面から太陽を撮ったりはしないでしょう。そうしたら、レンズを通してカメラが焼けてしまうかもしれませんからね。特に皆既日食という、撮影にある程度時間が必要な場合は。素人ならともかく、弟さんはカメラマンだっていう。なら、可能性は限られていますわな」

「その可能性の中に、何が残るってんだ」

セーガンは先を促した。

「真っ正面から太陽を撮るってなると、姿勢は決まってくるでしょう。弟さんはひっくり返ってたんだ。それに、カメラが傷むのが惜しくないくらい切羽詰まった撮影だったわけだ」

玖水がじっとマッシェコの目を見つめ、指を立てて言った。

「マッシェコさん、オタクはこの会議に真剣に臨んでる。なら、もっと本気の写真——こっちがもっと喜ぶ写真で挑みたかったはず。僕らがゴールデンレコードに収録したかったのは、完全な皆既日食の写真だ。でも、実際は日食まで三分の一も足りないところ。てことは、もう一択でしょう。これが一番良く撮れている、最後の写真だってことなんですわ」

これこそが勝負の一枚だったのだ、とセーガンは思う。何故なら、そこから先はもうシャッターを切れなかったのだから。

「カメラも何も守らずに、最後の一枚をひっくり返って撮る状況。僕ぁ想像力を漫画で補うしかないカカシですからね、そんなの死に際しか浮かびませんのよ。これが死に際の一枚で、弔いの為にゴールデンレコードに収録したいってのも、なかなかいい話だ。でも、マッシェコさんの目的はそうじゃない。むしろ、ゴールデンレコード収録にあたっての——」

「その場の調査が目的だ」

玖水の言葉を引き取って、マッシェコが言った。

「一九七二年七月十日。俺の弟であるカーター・マッシェコは、アラスカのフェアバンクスのだだっ広い平地で殺された。頭部を陥没するくらい殴られてたな。今際《いまわ》の際《きわ》に撮った写真がこれだ」

「犯人はどうなったんだ」

「委員長、わかるだろ、見つかってないよ。手がかりもない。アラスカの警察は人手不足でな。何せあそこは広すぎる。捜査が半日で打ち切られるのを想像出来るか、ニューヨーカー？」

ニューヨーク市警も人手が足りていないが、こっちは何しろ事件の数が多すぎる。広さは全然違うが、まともに捜査をされないことの痛ましさは、セーガンにも分かるものだった。だからこそ、何を期待されているのかも分かる。

「この予選委員会は警察じゃない。何も見つけることはできない」

「でも、俺が一人でフェアバンクスの亡霊になるよりマシだ。ここに呼ばれた時は震えたよ。まさか、こんな幸運があるなんてな。なあ、調査をしてくれ。あの不適切な場所が、不適切だってわかるようにな。そうしたら、弟が死に際に見た光景を、冷たくて暗い宇宙に放り投げてくれなくてもいいからさ」

マッシェコの目が潤んでいる。

セーガンは思った。大した確率ではない。街中ならまだしも、広大な自然で、最近ならまだしも、三年前だ。そんなところに調査隊を派遣したところで、犯人が捕まるとは思えない。一体どんな確率だ。ほんの一匙《ひとさじ》の希望しか持てないものである。

だが、ここはゴールデンレコード収録物選定会議予選委員会だ。遥か彼方にいるかもわからない地球外知的生命体とコンタクトを取るため、ロケットと金属板を飛ばそうとしているイカれたギャンブラー達の為の会議である。広い宇宙に比べれば、アラスカなんて箱庭だ。

「これは決を採りたい。イル・マッシェコ氏の写真を採用すべきだと思う方は？」

会議室に拍手が巻き起こった。

会議が終わると、招聘された参加者達は三々五々に帰って行った。それぞれの生活があるからだ。遠い宇宙に飛ばす、地球外生命体に人類のことを伝える為のメッセージ。そんなものは、本当は日々の生活にはまるで関係がない。セーガン自身も、宇宙の彼方の為に真剣に議論していた自分が、少し不思議に思えてくる。

「いやあ、終わってしまえばなんだか妙な気分ですな委員長殿！　ね、でも良い会議でしたね。すっぱらしかったですよ〜。本当に参加出来て光栄でした」

まるでコーネル大学の関係者かのような顔をして、清々しく玖水が言った。

……なんでこの男が、こんなに誇らしげな顔をしているのだろうか。でも、この会議で宇宙と大義に一番貢献したのは——間違いなくこの男だった。

今、セーガンはとてつもない達成感を覚えている。忌まわしき会議が、やるべき意味を持った大切な会議へと反転し、ゴールデンレコードに刻むべきものがたしかに見つかったことを尊いと思っている。だからこそ、セーガンはいつもより少し、ほんの少しだけ迂闊《うかつ》なことを言った。

「君は……ゴールデンレコード収録物選定会議の本選考に参加するつもりはないか？」

玖水が文字通り飛び上がった。

「エッ！　それはつまり、僕が持ち込んだ手塚治虫を本選考まで進めて頂けるということで？　それだけじゃなく、もしかしたら『サイボーグ００９』も？　『ゲゲゲの鬼太郎』も？　うひゃあ、とんでもないことになっちゃったな」

「どうしてそうなるんだ！　英語で話すとなるとやはり細かい意思疎通に問題が出るらしいな！」

「けど、残念ですがそれは辞退させて頂きます。とっても嬉しいお話ですし、是非是非お受けしたいですし、ゴールデンレコードに大好きな漫画を収録したいです。でも……僕はもう次の場所に行かなくちゃならないんです」

「そうなのか」

「いろんなところに自分の好きなものを届けて伝えていくのが仕事ですから。僕ぁ、この会議に呼ばれて嬉しかったんですが、何が嬉しいって、ボイジャーと僕が似てることですよ。ボイジャーもこれから地球外生命体、宇宙人とコミュニケーションを取る為に旅に出るんでしょう。おんなじですね、へへ、へっ、へへ」

どうにも決まらない、だらしない笑顔を浮かべて玖水が空を見上げた。朝からやっていた会議なのに、もうすっかり日が暮れてしまっている。空には綺麗な星々が浮かんでいた。

「実は、君に正確な情報を伝えていなかったことがある」

「えっ、なんですか。そういうの怖いなあ」

「私は小説を書こうと思っている。いや、もう既に書いている」

そう伝えると、玖水はにんまりと笑った。本当に物語というものが好きなのだろう。

「そうですかあ、やはりね、委員長殿は素晴らしい創造性をお持ちだ。いいですね、きっと日本にも届く素晴らしいものになりますよ」

「そうだろうな」

セーガンは自信に満ちた口調で言う。既にタイトルは決めている。素晴らしきコミュニケーションの末の『コンタクト』だ。この意味の分からない、異星人染みた相手とのファーストコンタクトを果たした後だ。きっと上手く書けるだろう。

「またニューヨークに来るといい。君は日本のどこから来たんだ？」

「北海道の知床《しれとこ》半島ってとこです！　とっても寒い、でも良いところです！　それじゃあまたお元気で、ボイジャーのこと、ゴールデンレコードのこと、楽しみにしてますよ！」

そう言って手を振り、部屋を出ていく玖水が遠ざかる。ふらふらと頼りなく歩く玖水は、まるで周回軌道上を巡る探査機のようだった。

このゴールデンレコード収録物選定会議予選委員会から二年後の、一九七七年に打ち上げられた件のゴールデンレコードには、地球外知的生命体に向けたメッセージが入っている。それは環境音から音楽に一一五枚の画像が収められている。

――われわれはいつの日にか、目の前の課題をすっかり解決し、銀河文明の一員となりたいと考えています。このレコードでわれわれが広く畏るべき宇宙に示すものは希望、決意、それにわれわれの友好です。

初出

「ある女王の死」　「小説推理」二〇二三年四月号
「妹の夫」　「小説推理」二〇二二年九月号
「雌雄七色」　「小説推理」二〇二二年二月号
「ワイズガイによろしく」　「小説推理」二〇二三年一〇月号
「ゴールデンレコード収録物選定会議予選委員会」　「小説推理」二〇二四年二月号

斜線堂有紀　しゃせんどう・ゆうき

上智大学卒。二〇一六年『キネマ探偵カレイドミステリー』で電撃小説大賞メディアワークス文庫賞を受賞しデビュー。二〇年『楽園とは探偵の不在なり』が各ミステリ・ランキングの上位に連なり本格ミステリ大賞候補。二四年『回樹』で吉川英治文学新人賞候補。漫画原作や朗読劇の脚本も手掛ける。

ミステリ・トランスミッター
謎解きはメッセージの中に

二〇二四年九月二二日　第一刷発行
二〇二四年一〇月一六日　第二刷発行

著者　斜線堂有紀
発行者　箕浦克史
発行所　株式会社双葉社
〒１６２－８５４０　東京都新宿区東五軒町３－２８
電話　０３－５２６１－４８１８（営業）
０３－５２６１－４８３１（編集）
http://www.futabasha.co.jp/
（双葉社の書籍・コミック・ムックが買えます）
印刷所　大日本印刷株式会社
製本所　株式会社若林製本工場
カバー印刷　株式会社大熊整美堂
ＤＴＰ　株式会社ビーワークス

ISBN978-4-575-24769-5 C0093